蓮見恭子

Kyoko Hasumi

メディコ・ペンナ

万年筆よろず相談

Medico Penna

ポプラ社

メディコ・ペンナ

Medico Penna

万年筆よろず相談

蓮見恭子

Kyoko Hasumi

ポプラ社

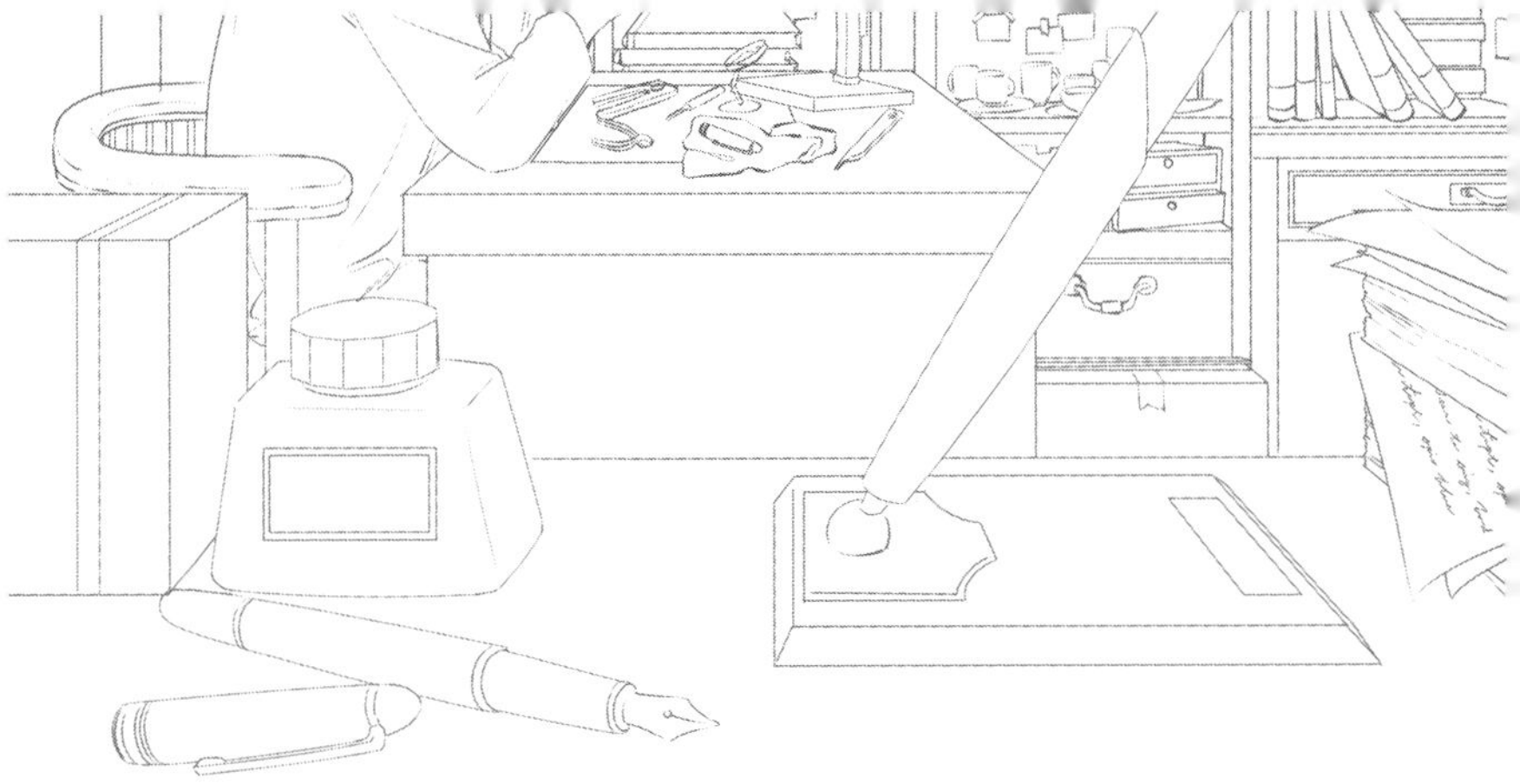

contents

装画　名司生
装丁　bookwall

メディコ・ペンナ

万年筆よろず相談

六十度の角度で万年筆を保持していた手が、そっと離れる。

ぱちんとスイッチを切る音がして、高速で回転していたグラインダーがゆっくりと速度を落とし、やがてきしみながら止まった。

続いて取り出されたのは、回転収納式のシルバーのルーペだった。それを、彼は目から少し離れた位置で構えた。

一度で確実に焦点を捕らえた目は、すぐにルーペを外し、今度は砥石《といし》を手元に引き寄せた。もう一方の手には、黒く艶《つや》を帯びた万年筆が握られ、金色のペン先を光らせている。

手品師のように動く手は、紙やすりや紙片、金属製の道具を次々と持ち替え、時には水を張った容器にペン先を浸し、そうかと思えば指で押し広げたりもする。

前に座った万年筆の持ち主は、彼が思いのほか大胆に自分の持ち物を扱うのを不安そうに見ている。

だけど私は知っている。

今、滞っていたインクが流れ出し、あの万年筆が持ち主に相応《ふさわ》しい仕様に変えられつつあるのを。

「どうぞ」

おもむろに差し出された万年筆を、持ち主は恐る恐る受け取る。そして、ペン先を紙に滑らせた瞬間、驚いたような表情をした。

〈メディコ・ペンナ〉

ここは人生を変えたいと願う者が集まる場所。

第一話　あなたの人生が変わります

五月

雨にけぶる三宮《さんのみや》は、生暖かい空気に包まれていた。

昨夜、ユニットバスに干しておいたスーツは、出かける前に大量の消臭剤を振りかけてきた。にもかかわらず、かすかに汗の臭いがする。

野《の》並《なみ》砂《さ》羽《わ》は、右手に持った赤い傘を広げた。

左の肩にはリクルートバッグ、踵のすり減ったパンプスを引きずるようにして、高架に沿って西へと進む。

桃の季節には、まだ少し早い。今はメロンかマンゴーだっけ？　パフェにしようか、ドリンクにしようか。さすがに一パック丸ごとの苺を使ったパフェは無理。木イチゴソースが入ったカフェラテにシュークリームを載っけたの。チョコソースもいいな。

南北に伸びる筋に差し掛かる度《たび》、建物の間に六甲山《ろっこうさん》系の黒い影が、今にもこちらに迫って来そうな近さで目に入ってくる。そのなだらかな山の稜線を見ながら、砂羽は歩き続ける。

目指すのはトアウエスト。一度だけ、美海《みなみ》に連れて行ってもらったカフェがある場所だ。

普段だったら財布に優しい、台湾《たいわん》生タピオカ専門店のテイクアウトにするのだけど、今日は大胆に、というか半ば自棄《やけ》になっていた。いつもは気後れしてしまうあのお洒落《しゃれ》なカフェも、今なら一人で入れそうな気がする。

だが、すぐに後悔した。

重いバッグを持ち、傘を差しながらヒールのある靴で歩くのは、想像以上に大変だった。

雨が降る中、わざわざ外を歩かなくても、さんちかのゴディバでチョコレートドリンクにすれば良かったのだ。その方が、雨に濡れなくても済んだ。

そんな事をぐるぐると考えているうちに、トアロードに辿り着いていた。飲食店が多く、夜に賑わう東側に対して、その反対側はトアウエストと呼ばれ、神戸《こうべ》の高感度女子が集まるエリアになっている。

曲がる角を間違えて、少し回り道をした後、外壁に茶色いタイルが張られた、白い日除けが目印の建物が視界に飛び込んできた。

一階の雑貨店のぴかぴかに磨かれたガラス越しに、可愛らしい籠バッグや色鮮やかな布、銀色のアクセサリーが見てとれた。

何気なく覗き込んだ時、ショーウインドウに映る自分の姿にぎくりとした。

猫背のせいか肩が丸いシルエットを描き、中途半端な丈のスカートが足を太く見せている。ほつれたおくれ毛が、耳のあたりでふわふわしているのも野暮ったい。

――うわぁ、うわぁ、就活中の学生というよりは、生活に疲れたおばさん……。

その時、二人の女性が砂羽の後ろを通り過ぎるのが、窓に映った。

流行りのゆるくパーマをかけたヘアスタイルの、ふわりとしたワンピースの女の子達だった。笑い声をあげながら二階のカフェへと続く階段を駆けのぼり、瞬く間に姿を消した。

彼女達が吸い込まれた階段を、ぼんやりと見つめた。

雨だというのに、女の子達は華奢《きゃしゃ》なサンダルを履いていて、その動きも佇まいも水鳥のように軽やかだった。

――いやだ。こんな恰好で入りたくない。

雨の中、わざわざここまで来たというのに、すっかり気持ちは萎んでいた。

再びのろのろと歩き出す。

三月には、判で押したように真っ黒なリクルートスーツを着た就活生達を、キャンパスや電車の中、そこかしこで見かけた。だが、今はもう誰もそんな恰好でうろうろしていない。

他の学生と同じように、砂羽も三月からこっち、合計で二十社以上は採用試験を受けた。その全てから不採用の通知が届き、持ち駒を失った今は、これまで目を向けなかった業種や、中小企業に視野を広げていた。

たった今、面接を受けてきた企業も、特に興味があった訳ではないが、説明会と筆記試験を受けたところ、翌日にメールで面接の日時が指定されてきた。脈がなければ、二次試験や面接の案内すら来ないので、メールをもらった時はほっとした。

だが、その気持ちは長くは続かなかった。今日も面接の感触は、あまり良くなかった。

というか最悪だった。

事前に考えた答えを暗記して行ったものの、そんな砂羽を嘲笑《あざわら》うかのように、予想もしなかった質問をされ、どれ一つとしてまともに答えられなかった。

――どうせ、また駄目なんだろうな。

筆記試験は難なく突破できる。だが、いつも面接で失敗した。

いや、自分は運がないのだ。

今日だって、仕切り直しの初日だというのに、朝からしとしとと雨が降っていて、やっぱり上手く行かないんじゃないかと、出かける前に暗い気持ちにさせられた。

――さぁ、これからどうしよう。

ここまで来て真っすぐ帰るのも馬鹿らしい。駅とは反対方向になる山手に向かって坂を上る。

だが、別のカフェは定休日だったり、満席で入れなかったりで、トアロードホテルの前を通り過ぎ、旧北野小学校まで上ってきてしまった。窓に取り付けられたロイヤルブルーの日除けが目を引いた。

そこは、今は「北野工房のまち」と名付けられ、体験型の観光スポットにリニューアルされている。今日は何かイベントが開催されているらしく、門扉《もんぴ》に風船が飾られ、「ＷＥＬＣＯＭＥ」の文字が躍る。

――もう、ここでいいや。

多目的室を利用して、グルメフロアで買ったプリンか生ジュースで休憩しよう。

足を踏み入れると、タイムスリップしたような懐かしい空気に包まれた。

古い校舎を利用した施設は、開口部がアーチ形で、床には年季の入った板が敷かれ、二階に上がると、元は教室だった部屋で雑貨や服を売っている。

ふと、好奇心をそそられて、レトロなシャンデリア風の電球を見上げながら、階段を上る。

「神戸ペンフェア」

階段を上ったところに、そんな看板が立てられていて、中は人でごった返していた。

入口から背伸びして中を覗くと、文具雑貨やステーショナリーを扱うお店が、ここに一堂に集まっているようだった。

なかなかの賑わいで、入口で突っ立っていると、後ろから来た人に押されかねない勢いだ。流されるように受付へとたどり着くと、「入場料は五百円です」と手を差し出される。

催しの内容に興味がある訳でもないし、人が多い場所は苦手だった、そのまま回れ右をしようとしたところ、それが目に飛び込んできた。

あなたの人生が変わります　万年筆よろず相談

受付のすぐ後ろで出店をしている、店主らしい男性が見えた。もしゃもしゃの白髪が顔を覆い、目鼻立ちが分からないが、顎の輪郭はなだらかで、お爺さんという年齢ではなさそうだ。

何となく気になり、結局は入場料を払って会場内を一周し、「よろず相談」のブースが見える位置で足を止めた。

会場内の出店は、万年筆やボールペン、ペンケースや紙製品、文具に関する物が、陳列用の什器に並べられたり、手書きのＰＯＰで説明がされるなど、工夫を凝らしたレイアウトで卓上に広げられていた。

だが、「よろず相談」の一角だけ、他とは違う雰囲気が漂っている。

封筒や付箋《ふせん》、ノートなどの他に、何本かの万年筆を並べてはいたが、それは申し訳程度。テーブルの上で存在感を放っているのは、重量感のある分厚い金属の板や鉄の棒、堅牢そうなネジやナット、スイッチなどのパーツで組み合わされた、ノートパソコン程度の大きさの機械だ。それは、まるで中学校の技術家庭科室にあった万力を横にしたような構造になっていて、無数の傷がついた輪っかが、心棒の中心に据えられている。

そして、その不思議な機械の傍らには紙やすりや注射器、スポイトの他に何かを挟む為の道具や黒いゴム。足元には水が入ったバケツが置かれている。

白髪頭の店主は、ちょうど向かいに座った男性客とやり取りしているところだった。テーブルに並んだ商品を物色する振りをして、聞き耳を立てる。

「僕が見たところ、非常に良い状態ですが……」

店主が万年筆をトレイの上に置いた。

「でも、僕には太すぎるんです」

「なるほど。研磨《けんま》して字幅を細くするのは可能です……が、後戻りできませんよ。お使いになる用途にもよりますが、このままでは駄目ですか？」

客の男性は少し考えた後、口を開いた。

「構いません。ノートの罫線《けいせん》の間に字を書こうとすると、太すぎてはみ出すんです。是非、お願いします」

「かしこまりました。そういう事でしたら、字幅を変更させて頂きます」

そう言うと、店主は万年筆を分解し始めた。卓上に置いた紙の上に、ばらばらにされたパーツが並び、その中から金属片を選び取って、中央に置いた。

金属片は、ペンの形をしていた。

何処からかマスキングテープが現れ、小さく切った断片で金属片を覆うと、ピンセットを仕込んだ黒い筒状の道具に挟んだ。

そこまで準備した後、傍らに置いた機械のスイッチが入れられる。

心棒に通された輪っかが回転を始めると、途端に辺りを揺るがすような音がして、会場の注目が一斉に集まった。それには構わず、店主はピンセット状の道具で挟んだ金属片を、回転する輪にそっと当てた。

店主は途中で何度も機械を止め、銀色の器具を目に当てて削った金属片を覗いている。そして、再びスイッチを入れて、金属片を削る。もう二十分近く同じ事を繰り返していて、段々と退屈してきた。

そこで、他の出店を冷かしに行く。

会場を一周して戻ると、ちょうど金属片からマスキングテープが剥がされているところだった。元通りに組み立てられた万年筆が、持ち主に手渡される。

「如何でしょう?」

客が紙の上に字を書く。

「うーん。もう少し細く」

乞われるまま、店主は再び万年筆を分解し、マスキングテープで包んで、研磨を始めた。

その一連のやり取りからは、万年筆の持ち主に「人生が変わる」ほどの出来事が起こっているようには見えなかった。

砂羽はもう一度、看板を見る。そして、小さな字で書き添えられた説明を読む。

――万年筆には、人の生き方を変える力があります。あなたの人生を変えてみませんか？

*

「きゃ、きゃああぁ」

突如、奇声が聞こえてきた。

「やった……。内定ゲット！」

「え、ほんと？」

「おめでとう！　やったね」

声の主は、瞬く間に友人達に取り囲まれ、お腹を空かせた学生で混み合う学食には不釣り合いな、華やいだ空気を周囲にまき散らしていた。

「何か『10cc』《テンシーシー》の内定がとれたとかどうとか言いようで。砂羽ちゃん、知っとう？　そんな会社」

きつねうどんが載った盆と共に、砂羽の隣に座ったのは山口《やまぐち》美海だ。不機嫌そうに音を立てて盆を置いた拍子に、丼から出汁《だし》が零れた。

「『10cc』って私でも知ってる、有名な宝石メーカーだよ」

ダイヤモンドやプラチナ、ブライダルなど、白い貴金属が売りで、二十代の女性に人気がある。

「へぇえ」

美海は早速スマホに「10cc」、「会社評判」と打ち込み、風評を調べ始める。そして、したり顔をした。

「この会社、女子は販売に行かされようみたいやで。企画とか営業に配属されるんは、男子ばっかり。接客なんか若いうちしかできへんやん。あんまり長い事働かれへんのんちゃう？」

「さすがに、それは偏見なのでは？」と思っていたら、その同じ口が「今朝、三件立て続けにお祈りメール来たわ」とボソリと呟いた。

お祈りメールとは、企業から送られてくる不採用通知の事で、末尾が「今後のご活躍をお祈り申し上げます」と書かれている事から、就活生の間では「お祈りメール」と呼ばれている。

どう言葉をかけようかと考えていると、「砂羽ちゃんは？」と聞かれたので力なく首を振り、二人揃って溜め息をついた。

テーブルに置いた手をぎゅっと握る。

中には複数の内定をもらい、何処にしようか迷っている者すらいるというのに、砂羽も美海も、まだ一件も内定をとれていない。

——完全に出遅れたもんなぁ……。もっと真剣に、インターンシップに参加すれば良かった。

今は企業の青田買いが激しく、めぼしい学生はインターンシップで囲い込まれるという話を、砂羽も聞いていた。

だが、気楽に考えていた。

幾ら何でも、何処かに決まるでしょ、と。

そんな甘い考えで、就職活動が本格化する三月になっても、砂羽は自分が何をやりたいか、何処に行きたいかも決まらないままでいた。

とりあえずは、名前を知っているからという安易な理由で、幾つかの企業にエントリーシートを出したものの、一向に内定の通知が来ない。

段々と駒数がなくなり、途中から中小企業も視野に入れ始めたが、捗々《はかばか》しくなかった。

中小企業は採用人数自体が少ないから、それはそれで難関だった。

季節は巡り、いつの間にかゴールデンウィークを過ぎていた。

経団連が定めるエントリー解禁が三月で、六月から選考というスケジュールになっているが、あくまで建前だった。それ以前から選考を開始している企業もあり、早くて四月には内定が出始める。

いや、優秀な学生であれば、インターンシップで明らかな最終面接を兼ねたグループワークが行われ、エントリー解禁前に囲い込まれると聞く。

「法学部を出てるだけじゃ司法試験には引っ掛からないし、大学で勉強した程度の法律知識じゃ、仕事に繋がらないよねぇ。大学に入る時、もっと考えて学部を選べば良かった」

そうぼやく砂羽に、美海がうどんをすすりながら問う。

「たとえばどこ？」

「薬学部とか、児童教育学部とか、勉強した事がすぐ仕事に結びつくようなとこ」

「そやけど、進路決める時、そっち方面に興味なかったんやん」

砂羽は指定校推薦で、ここ関西総合大学の法学部へと入学した。定期テストの時だけ勉強を頑張って内申点を稼ぎ、後は出席日数をクリアし、品行方正であれば大学に合格できる制度だった。

但し、複雑な応募条件があり、学部は思うように選べなかった。

「そやし、法学部でも資格取っとう人はおるで。やっぱりゼミに入らんと、その時間に勉強して、資格取っとくべきやった……」

くどくどと繰り返される後悔が、虚しく跳ね返ってくる。

たとえ、ゼミに入らなかったとしても、やはり資格取得の為に勉強したとは思えないし、同じように時間を無駄にしただろう。

三年と少し前、晴れて大学生となった砂羽は、一人暮らしの解放感に浸っていた。と同時に、入学した大学が思い描いていたのと違った事に愕然とした。

入学式には大勢の学生が参加していたが、誰一人として知っている顔はない。おまけに付属から上がってきた学生が多く、彼らが友達同士でわいわいと盛り上がる様子を見るうちに、とんでもない所に来てしまったと後悔した。

幾つかのサークルを見学に行ったものの、既に人間関係が出来上がっていたり、活動より交友が目的だったりと、どれもピンとこなかった。

髪を明るく染め、カラコンで目を大きく見せたり、雑誌に登場するモデルのような化粧をする付属出身の女の子達に気後れしたし、彼女達に群がる男子達とも上手く喋《しゃべ》る事ができず、しょっぱなから居場所作りに失敗した。

　クラスがある高校と違って、講義を受ける面子は違うし、せっかく顔見知りになった子とも、暫く会わないうちに疎遠になり、気が付いたら一人でいる事が多くなっていた。

　今、つるんでいる美海とて、グループワークで余り者同士だったという理由で話すようになり、それがきっかけで一緒にいる事が増えた間柄だ。

「あんまり気ぃ進まへんけど、最後は親頼みか……」

　何気なく呟いた美海の一言に、砂羽の胸はずきりと痛んだ。

　――親かぁ……。どうしてるんだろ。

　大学に入学して以来、砂羽は一度も帰省していない。最初のうちは、夏休みや年末が近くなると母が電話をかけて来ていたが、このあいだの年末はとうとう、その電話すらかかってこなかった。

「やっぱり自分が生まれ育った環境って影響するのかなぁ？　就活も」

「え、何それ？　砂羽ちゃんとこって問題家庭なん？　一家離散とか、虐待されとったとか」

目をきらきらさせ、ずけずけと踏み込んでくる美海に、苦笑した。

虐待どころか、三度の食事と衣服を与えられ、教育には十分過ぎるほどのお金がかけられた。その上、私立大学に通い、仕送りまでしてもらっているのだ。人からみれば、何不自由なく育った、むしろ恵まれている部類に入るだろう。

だが、美海のように屈託なく「いざとなったら親頼み」という心境にはなれない。

周りの学生達が「就職先は、親と相談して決めた」とか、「親のコネで」と言っているのを聞くと、無性に胸がざわざわとし、その場から逃げ出したくなる。

砂羽にとって両親は「何でも相談できて、いざという時に頼りたい人」ではなかった。

つまり、あまり関係が良好ではない。

「あれ？　そおゆう趣味あった？」

砂羽が膝の上に置いたトートバッグの中を、美海が覗き込んだ。その目が「まひろ汀《みぎわ》」の文庫本を捉えていた。

「え、まひろ汀を知ってるの？」

「ちょっと見せて。……ん？　何や、小説やん」

砂羽が差し出した文庫本をぱらぱらっとめくる。

文庫本とは言っても、オンデマンドで刷られた同人誌だ。創作活動しているアマチュア作家の為に、文庫サイズで印刷、製本する印刷所があるのだ。

「新城《しんじょう》アキは、表紙を描いとうだけなんや」

「凄い。新城アキを知ってるんだ」

二度、驚いた。

新城アキはプロの漫画家ではないが、同人誌ファンの間では有名な作家だ。

「う……ん、まぁ。高校時代、漫研におったし」

次第に美海の声が小さくなる。

「えっ！　そんな話、初めて聞いた！」

「あんまり自慢できる話ちゃうやん？　大学に入ってから、同じ趣味の子は見つけられてへんし」

美海との距離が、一気に縮まった気がした。

「良かったら読む？　漫画が好きだったら、楽しめると思う。ほら、絵も入ってるし」

頁を繰って、新城アキの挿絵が入った箇所を広げてみせる。

「うーん、どないしょ……」

「この小説は神戸が舞台で、美味しいものがたくさん出てくるんだよ」

カフェ飯やスイーツに目がなく、グルメチェックを欠かさない美海は、少し心を動かされたようだ。

「私、もう読んだから、返すのはいつでもいい。良かったら感想も聞かせてね」

「……あんまり小説って読まへんし、いつになるか分からんけど」

美海は気が進まない様子で本を受け取り、バッグにしまった。

何となく気まずいムードになったから、慌てて話を変える。

「そうそう、このあいだ面白い店を見つけてね。『あなたの人生が変わります』だって」

「あやしーなぁ」

美海は大袈裟に顔をしかめた。

「変な宗教とかちゃうん？」

「それがね、ペン屋さん。万年筆を売るお店」

「へ？　万年筆って、あの文房具の？」

訳が分からないという顔をする美海。

「万年筆売るついでに占いしよん？」

「よく分かんない」

「神戸ペンフェア」の様子からは、万年筆の修理や何らかの加工をしているように見えた。

あの日は、看板に書かれた言葉の意味を聞きたかったが、男性客が持ち込んだ万年筆の研磨に時間がかかっていて、とうとう店主に声をかけないまま帰宅してしまった。

「何てゆう店？」

「さあ……。看板には『万年筆よろず相談』とだけ書かれてたけど」

早速、美海がスマホで検索を始めた。

「あった！　これちゃう？」

検索に引っかかってきたのは、〈メディコ・ペンナ〉という店だった。

「見て見てぇ。可愛い建物」

店舗の外観は石造りの洋館で、出入口はアーチ形にくりぬかれた壁の奥にあり、一階と二階の窓に取り付けられた鎧《よろい》戸《ど》がすみれ色に塗られていた。

「へぇ、何々……。『万年筆には、人の生き方を変える力があります。あなたの人生を変えてみませんか？』て。やっぱり、ここちゃうん？　待って！」

美海の表情が変わった。

「……『今、お使いの万年筆をお持ち頂けましたら、あなたの人生を変えるお手伝いをいたします。万年筆の調整料のみで相談承ります……』やって。面白そうやん。ここ、行ってみいへん？」

「行ってみるって、行ってどうするのよ」

「そやから、自分の万年筆持ってって、私らの就活が上手い事行かへん理由を鑑定してもらうねんやん」

「というか、美海ちゃん、万年筆なんか持ってた？」

「へへっ」と笑うと、美海はペンケースからカラフルな六角形のキャップがついたペンを幾つも取り出した。

「パイロットのkaküno《カクノ》っていうねん。たったの千円やから、色違いで何本か持っとう」

キャップをとり、こちらに寄越される。

手元にあった紙の上にペンを置き、そろっと動かしてみる。思いのほか滑らかな線が引けた。それはシャープペンシルやボールペンにはない書き味だった。

「砂羽ちゃんも何か持っとう？」

「うーんと、確か、大学の入学祝いに万年筆をもらったような……」

「ほんなら、それ持ってったらええやん」

「だって、一度も使った事ないんだよ」

宣伝文句を見た限りでは、普段から使っている万年筆で鑑定がなされるようだ。

「そんなん、今から使たらええねん」

そう言って、美海は瞬く間に受付フォームを開き、カレンダーから日時を選び始めた。

こうして、二人で〈メディコ・ペンナ〉を訪れる手はずが整えられたのだった。

＊

「何処へやったんだっけなぁ……」

下宿に戻った砂羽は、クローゼットから引っ張り出した段ボール箱を覗いては閉じる。

ここに引っ越した時、大して荷物はなかったのに、三年と数ケ月の間に、溢れるほどに物が増えていた。

初めてのバイト代で買った口紅、足に合わなくて履いていない大人っぽい靴、ポイントを集めてもらったちゃちな景品、バザーで手に入れたアンティークの食器、「かわいい！」と飛びついたものの箪笥《たんす》の肥やしになっている洋服類——。

一つ一つは小さな物だが、数が溜まると相応の場所を取る。

一番奥の、引っ越してから一度も開けていない段ボールに、目当てのものが入っていた。

黒い頑丈なケースには銀色でメーカー名か、商品名らしきものが印字されていて、開くと黒光りする万年筆とインクの小瓶が入っていた。

万年筆には、金色のクリップとリング状の飾りがついている。

キャップをそっと回して外すと、金の縁取りがされた銀色のペン先が現れた。

試しに、ペン先を紙の上に滑らせてみたが、インクは染みだしてこない。一緒に入っている小瓶のインクを、何らかの方法で中に入れて使うのだろう。

——美海ちゃんは今から使えって言ってたけど……。

別に説明書らしきものが入っていたが、ふと「面倒だな」と思い、ケースの蓋を閉じた。

結局、この万年筆もインクも使わなかったのが、砂羽の現状なのだ。

この万年筆を贈ってくれたのは、両親だった。

法律事務所を経営している父は多忙で、滅多に家にいる事はなかった。クライアントに呼び出されたり、休日でも事務所で仕事をしていたから、家族で旅行した記憶もない。自宅に寄り付かない夫に不満を溜め込む母の関心は、自然と一人娘の砂羽に向けられた。

小学生の頃から、放課後のスケジュールは習い事と塾で占められ、友達と遊んでいても時計を気にかけ、時間に間に合うように途中で抜け出して自宅に戻らなければならなかった。

部活や友人づきあいにも首を突っ込まれ、砂羽のやる事なす事全てが監視されていた。そして、常に母の顔色を見て、気に入るように振る舞うのに疲れた挙句、自宅から通えない場所にある大学を選んだ。親の目から解放されたかったという理由で。

高校時代の進路志望書には「東京か近畿圏にある私大に指定校推薦で行きたい」と記入して提出したから、高校三年の夏休み前に行われた三者面談では、てっきり親の了解を得ているとばかり考えていた担任が、当然のように指定校推薦の話を持ち出した。

(お嬢さんの成績なら、まず間違いないですよ)

その時の母は心外そうに尋ねた。

(おたくの学校は何故、こんな遠くの大学を勧めるんですか?)

確かに相談もせずに決めたのだから、母が驚くのは当然かもしれない。だが、もう小さな子供ではないのだ。

砂羽は定期試験ごとに一生懸命勉強して、クラスでも上位の成績をとるように努力したし、少しぐらい体調が悪くても学校には休まずに通った。その結果、有名大学の指定校推薦も視野に入れられるようになったのだ。

母の猛反対に、救いの手を差し伸べてくれたのは父だった。一人娘が家を出るのを止めさせようと相談した母に、父はあっさりと言った。

（いいんじゃないの）

砂羽が希望した大学で募集していたのが「法学部」だったのが、父の心証を良くした。

（無責任な事を言わないでよ。もし、砂羽に何かあったら、どうするの）

（子供は、いつかは家を出るんだ。それが少し早くなっただけだろ）

（自分は家庭を顧みずに、こんな時だけ物分かりのいい親の振りをして……。砂羽が不幸になったら、あなたの責任だからね！）

もし、母が今の自分を見たら、したり顔で言うだろうか？

（あの時、お母さんの言う通りにしなかったからよ）

けれど、実際に就職活動をしてみると、自分の努力以外の部分で弾かれているのが分かる。

ゼミ生の中には、それまで茶髪でちゃらちゃらしていたのが、就職活動の為に髪を黒く染め直し、あっさりと内定をとってきた子がいた。講義を休んでバイトに励み、真面目に出席していた友人のノートを見せてもらってレポートを書き、要領よく単位を取っていた学生だ。

気軽にノートを貸し借りできるような友人もいない砂羽は、愚直に講義に出席するしかなかった。そして、それでも単位を取れない事があった。

ある時、教室で「教授と仲良くしとくと、得だよね」と言っているのが聞こえた。件《くだん》の遊び人風の学生だった。

世の中は不公平だ。

真面目に努力しても報われるとは限らない。大人になれば、むしろ上手に相手の懐に入り込めるとか、コミュニケーション力に長けていたり、容姿が優れているとか、そういった素質の方がずっと大事になる。

変わりたい。

でも、変われなかった。

*

ＪＲ三ノ宮駅の中央口改札を出ると、交差点の向こう側に「にしむら珈琲《コーヒー》店」の木組みの建物が目に入る。

駅の北側は居酒屋が多く、あまり足を運ばない界隈だったが、神戸っ子の美海は、三宮や元町のグルメ情報にも詳しい。今日も「前から行きたかった店がある」と言うから、任せる事にした。

「え、ここ？」

「そう。森カフェ」

背の高い木が植わった一角に、美海は吸い込まれるように入ってゆく。

その時、手書きの立て看板の「GREEN HOUSE」という文字が目に入る。

アプローチには鬱蒼《うっそう》と木が生い茂っていて、細い一本道が奥まで続く。樹上には鳥の巣箱があり、マイナスイオン効果なのか、急に気温が下がった気がした。何処かの高原に迷い込んだような気分だ。

鉄骨やコンクリートが剝き出しになった狭い階段を上って、三階のテラス席に着くと、目の前に緑のカーテンが広がった。

オムライスやパスタ、ピザの他に日替わりランチが二種類用意されているが、今日のお昼ごはんはテイクアウトの肉まんで済ませてきた。節約した分、スイーツに奮発するのだ。

ショーケースに飾られていたケーキはどれも可愛く、美味しそうで、一つに決められない。結局、別々のケーキを二つずつ注文し、それぞれ分け合う事にした。

「私な、ほんまは別の大学に行きたかってん」

ケーキが運ばれてくるのを待つ間、美海は京都の観光地の傍にある大学の名を挙げた。

「ここと京都と大阪の三つ、それだけ受けて、受かったんが今の学校だけやってん。一番行きたない学校やってんけど、浪人するんもだるいし」

意外な言葉に驚く。

「神戸っ子って、神戸が好きやねんな。大阪より、東京より、神戸が一番や思とう」

そして「ははっ」と笑った。

「そやけど、私は嫌いやった。神戸っ子が憧れる老舗の女子校に行っとったんやけど、クラスの中心になっとった派手目のグループから目ぇつけられてな……。学校に行けんくなった時期があってん」

主犯格の生徒の親は、学校に多額の寄付をしていたのもあって、教師の指導も腰砕けで、逆に美海に問題があるような言い方をされたらしい。

「学校の先生って、問題持ち込む生徒が嫌いやねんなぁ。何で自分で解決せんと、こっちに尻拭いさせんねや？　そない考えとうねん。問題起こしたん向こうやろ？　そやのに、上手い事対処できんかった私が悪いみたいに言うねんで。相手はグループで、数を頼んで私の見た目がどうとか、私の喋っとう事、やっとう事が普通ちゃうとか、しょうもない揚げ足取んねん。孤立しとって辛かって。そやから助け求めとんのに、『あの子らなりのコミュニケーションの取り方やから、いちいち悪く受け取るな』とかゆうとんねん。虐められる方が悪い。人に言われた事をいちいち気にする方が悪い。傷つく方が悪い。そう思とうねん。あの学校の出身やゆうたら羨ましがられるけど、ええ思い出なんかいっこもあらへん」

　高校時代に漫研にいたのを隠していたのも、そのせいかもしれない。虐めっこ達に馬鹿にされたか、からかいの対象にされたのだろう。

「結局んとこ、企業も同じや。クラスとかサークルの中心人物とか、虐められても自分で解決できるような強い子とか、余計な問題持ち込まんような、要領のええ子が欲しいねん。学校の休み時間に教室の隅で本読んみよう子より、グラウンドでバレーボールやりよう子が、学校や企業にとってはええ子やねん」

　なかなか内定がとれないせいか、美海はいつになく愚痴が多かった。

　やがて、注文したケーキとコーヒーが運ばれてきた。香ばしく焼かれたフルーツタルトに生クリームをたっぷりかけたシフォンケーキ、チョコのムースにチーズケーキを仲良く分け合い、ゆっくりと味わいながら食べる。

「どんどん太っちゃうね」

　そう言いながら、とりとめもなくお喋りしているうちに、ちょうど良い時間になった。

サイトを見ると〈メディコ・ペンナ〉は、パールストリートに接した路地にあるらしい。あるらしいというのは、美海が言うには「その辺りは小さな家が建ち並ぶ住宅街」で、洋館があるような立地ではないからだ。

店を出て、一旦駅前まで戻ると、生田《いくた》新道を西に向かって歩く。途中でいくたロードに入り、そのまま生田神社の境内を歩く。藤原紀香《ふじわらのりか》と陣内智則《じんないとものり》の結婚式で有名になった、パワースポットとして名高い神社だ。縁結び・恋愛成就の御利益があるが、「良い会社とご縁がありますように。就活が上手く行きますように」と、お賽銭《さいせん》箱に小銭を入れた後、二人揃って柏手を打った。

境内を通って西北門から出ると、中山手《なかやまて》通はすぐそこだ。どうするかと見ていたら、美海は信号を渡って、韓国総領事館とＮＨＫの間にある狭い筋へと入った。二人並んで歩くのが精一杯の道幅で、道というよりは通路だ。

生田署の警察官だろうか。立番の男性に挨拶をされたのに、「こんにちはー」と返して、高い建物とその敷地内に植えられた木々が影を作る坂道を上る。やがて左手に教会の尖塔が見えたが、すぐに建物の陰に隠れた。

坂を上がり切ると、やがて東西に走る道路に行き当たる。その通りがパールストリートだ。右手が女子大のキャンパスで、左手には砂で出来たお城のようなモスクがそびえ立っていた。

「地図で見ると、そのまま真っすぐ……か」

美海がスマホを取り出し、パールストリートを横断し、そのまま車一台がやっと通れるぐらいの狭い道へと足を踏み入れる。一戸建てや、二階建てのアパートが連なっている。

「美海ちゃん、本当にここなの？　ほら、行き止まりだよ」

路地の奥には、行く手をふさぐように家が建っている。

無言でずんずんと狭い道を進んでいた美海が、急に足を止めた。

「これ？」

「そうみたい」

どんつきと思われた場所は、道が右にカーブしていて、何処か別の筋に向かって伸びていた。その少し奥まったところに、ネットに掲載された写真の通り、すみれ色の鎧戸が目印の洋館が建っていた。

想像していたよりずっと小さい、洋館というよりは、洋館の一部を切り出してきたような、間口の狭い建物だった。

鎧戸付きの窓にアーチ形にくりぬかれた玄関、さらに玄関の前にはちょっとした階段まである。階段脇には大きく育った鉢植えの木が、今にも倒れそうな風情で置かれている。

「ミニチュアの洋館だね。妖精さんが住んでそうな」

「行こか……」

三段ほどの階段を上り、美海が重そうな木の扉に手をかける。ゆっくり押すと、ぎいぃっときしんだ音がした。

その瞬間、懐かしい匂いが中から漏れだしてくる。カーテンについた埃というか、学校の図書室の匂いだ。

美海の肩越しに覗くと、何度もニスが塗られた形跡のある、たくさんの引き出しがついた家具が目に入った。

明かりは落ち着いた電球色で、真昼にもかかわらず黄昏時のような錯覚に陥る。

ヴィンテージの家具の上には、便箋や封筒、切り紙細工が美しいカードやノート類が並んでいたが、万年筆は見当たらない。

そして、店主は窓際に置かれた古びた書斎机で、接客中だった。

通りに面した窓から、カーテン越しに柔らかい光が降り注ぎ、もしゃもしゃの白髪交じりの頭を、銀色に輝かせていた。その背後には、このあいだのフェアで見かけた機械と、何に使うのか分からない道具類、紙やすりや小さな砥石、インクで染まった布が置かれている。

砂羽達に気付いているはずなのに、店主は言葉を発しないどころか、こちらを見もしない。

美海は目線で「ちゃんと予約したんやで」と訴えかけてくる。

その時、店主の向かいに座っていた客が振り返った。

年齢は三十に届くかどうか。スーツの色に合わせたネイビー地に白ドットのネクタイもお洒落な、好感度の高い某民放アナウンサーのような風貌だった。美海が小声で「わぁ……」と呟く。

「いらっしゃいませ。こんにちは」

その男性客が、寡黙な店主に代わって愛想を振りまく。

「この人、仕事を始めると途端に静かになるんですよ。普段はこんなんじゃないし、邪険にしてる訳じゃありませんよ」

それだけ言うと、店主に向かって喋り始めた。

「一応、自分でインク詰まりを直そうとしたんですけど、溶かしきれなくて……。どうでしょう？　中のインクの塊、ちょっとやそっとじゃ取れませんか？」

店主が手にしているのは、銀軸のすっきりしたデザインの万年筆だった。「オークションで手に入れた」とか、「コンバーターが刺しっぱなしで錆びていて、かなり長い間ほったらかしにされていたようだ」といった会話が聞こえてくる。

オークションは分かるとして、コンバーターって何？　万年筆の部品の事なのだろうが、別の世界の言葉を聞いているようだった。そして、注意深く話の内容を聞いているうちに、それでインク瓶から万年筆にインクを吸入するための道具らしいと分かった。

店主は今、スポイトのような道具を使っている。どうやら水で洗浄をしているようだ。

予約時間を十分ほど過ぎ、不安に思い始めた頃、それまで無言だった店主が声を発した。

「申し訳ないのですが、池谷《いけたに》さん。これ、お預かりしてもよろしいですか？」

「もちろん構わないですよ。こっちこそ、予約もせずに急に来てしまったんだし」

池谷さんと呼ばれた男性は椅子から立ち上がると、「お先」と砂羽達に声をかけ、爽やかに出て行った。

そこで、店主は初めて砂羽達に目をやった。

灰色の頭に黒めがちな目。

髪こそ白かったが、お爺さんではなかったし、想像していたよりずっと若い。着ている灰色の上っ張りは、ヴィンテージの家具や什器《じゅうき》につけられた手垢や、隅に積もった埃のように、自然と古びた佇まいに馴染んでいた。

美海が「ほんまに妖精さんが住んどう」と呟いたが、砂羽の印象では、梟《ふくろう》カフェで見たアフリカオオコノハズクに似ていた。

「あ、二名で予約していた山口です」

美海が名乗ると、店主が頷いた。

「どうぞ。おかけになって下さい」

たった今、池谷さんが座っていた場所を示す。あらかじめ、椅子が二つ用意されている。

「お持ちの万年筆はこちらへ」

革のトレイが一枚、すっと差し出された。

「え？」と顔を見合わせる。何の説明もないのだろうかと。

「あ、えーと。ほんなら。私から」

美海がバッグからペンケースを取り出してジッパーを開くと、トレイの上で中身をあけた。勢い余って、一本のペンがトレイから零れ落ちた。そのペンを取り上げると、店主は愛しそうに撫でた。

「kaküno は安いけど、非常に優秀なペンでね。ほら。持ち手が三角形になっているから、誰が持っても同じ角度で使えるようになっている。これは、初めて万年筆を使う子供用に、ペンの持ち方を教える為に作られた製品なんですよ」

美海が「きゃっ」と声を上げた。

「子供用やったんですか？」

「もちろん、大人にも愛用者がいますよ。……何処か、具合の悪いところは？」

「書き心地が硬いんです。時々、インクがかすれたり……」

「こちらの試筆紙に、名前を書いてみて」

店主に促され、美海は紙の上で万年筆を滑らせる。

「分かりました。ペンをこちらへ……」

美海から万年筆を受け取ると、店主は正方形の黒い布状の何かで万年筆の先を包み、本体からペン先を抜いた。ペン先はペンの形をした金属片と、黒いプラスチックの物体に分かれた。

「神戸ペンフェア」で見た時は、金属片の方を機械にかけていたが、今日は黒い物体を手元に置いた。そして、脇の小箱から取り出した銀色の小さなヘラを、その物体に刻まれた溝に差し入れ、慎重な手つきでゆっくりと動かした。

一体、何が行われているのか、砂羽には想像もつかない。

やがて、分解された万年筆を元通り組み立て、「はい」とトレイに置かれる。

「わ、めっちゃ書きやすなっとう。何をどうされたんですか？」

「インクの出を少しだけ良くなるように、調整しました。あなたは筆圧が弱いようだから」

美海が身を乗り出した。

「あの……、この店では愛用の万年筆を持ち込んだら、人生を変えてくれるんですよね？」

店主は困ったように笑った。

「お客さん次第かな。僕自身は、使いやすいように誂《あつら》えたり、古い物を使えるように修理をすれば、物の見方や考え方が変わって、自然と人生観も変わると思っているだけで……」

件のお店のサイトは、常連のウェブデザイナーが作ったらしい。

「その方は、難しい試験に合格できたとかで、その御礼に無料でサイトを作って下さったのですが、デザインをお任せしたら、あのような文言が掲載されていて……。少し盛り過ぎなので、あまり期待しない方が……」

少しというか、かなり失望した。

訪れるだけで人生が変わる。やはり、そんな虫のいい話がある訳がないのだ。

だが、美海はめげずに言う。

「実は私ら、就活が上手く行かんくて……。あ、いや、万年筆がきっかけで、いきなり内定もらえるとか考えてません。たまたまこちらの友達が、このお店見つけて、それで……」

店主が腕組みをした。

「さっき、あなたはペンケースからトレイの上に、万年筆を落としていたよね。バケツから水をあけるみたいに。あれはやめた方がいいですよ。文房具の中でも万年筆は特に繊細で、落としてしまうと、せっかく書きやすいように調整したのが無駄になるし、ペン先が曲がったり、ズレたりして、書きづらくなる原因にもなるから。第一、見た目に良くない」

美海は顔を真っ赤にした。

「企業の採用担当が何処を見るのか、僕には分からないけど……。もし、これがバイトの面接だったら、僕はあなたを採用するのを躊躇《ためら》うかな」

確かに美海は少々、がさつなところがあった。

「今日から少しだけ丁寧に物を扱い、人と接する時にも丁寧さを心がけたら、周囲の評価も変わるんじゃないですかね。……さて、もう一人のあなたは？」

店主が砂羽へと目を向けたので、おずおずとバッグに手を差し入れる。

卓上に置いたケースを見るなり、店主の顔色が変わった。

「凄いのを持ってるね……」

そっとケースを開き、中を確かめている。

「そうなんですか？　入学祝いにもらった物なので、よく分からないんですけど」

「これはね、マイスターシュテュック１４６といって、モンブランの定番商品。名品ですよ。七万円以上する」

砂羽は息を吞み、美海は「ひえっ！　七万円」と悲鳴を上げた。

店主は背後の書棚からカタログを取り出し、同じ万年筆が載ったページを開く。

「ペン先にはモンブランの標高と同じ４８１０と、メーカー名のイニシャルＭが刻印されていて、天冠《てんかん》……、あぁ、キャップのてっぺんのところね。そこにはホワイトスターのマークが入ってるのが特徴なんです」

美海も興味深げに見入る。

「まるで、文豪が持っているような万年筆ですね」

「実際に愛用している作家も多いよ」

店主は立ち上がると、フロアを突っ切ってバックヤードへと消え、暫くすると箱を手に戻ってきた。

「これはお客様からお預かりしたものなんだけど……」

そう言いながら。砂羽が持ち込んだものより、一回り大きい万年筆をトレイに置いた。

「うわあ、凄い迫力」

「モンブランのマイスターシュテュックには幾つかの種類があって、これは１４９。あなたの１４６より一回り大きいんだ」

実際に持たせてもらうと、砂羽の手には太く、長さも相俟《あいま》って、かなりの重量感だ。

「あとは両用式の１４５に、コンパクトサイズの１１４……」

「あの、両用式って？　私、何も分かってなくて」

「万年筆には、本体に直接インクを吸い上げて使う吸入式と、あらかじめインクが入ったケースを差し込んで使うカートリッジ式。そして、カートリッジを差し込んでも使えるし、コンバーターと呼ばれる専用の吸入器を取り付けて、インク瓶から直接インクを吸い上げる事ができる両用式があります。１４９や、１４６は吸入式で、あなたの友達が持ってきたkakünoが両用式になる」

そして、話はモンブランへと戻る。

「１４９と１４６は、マイスターシュテュックの中でも、特に定番とされるモデルなんだ。１４９は万年筆が持つ独特の重量感で人気があるけれど、全体的なバランスを重視した場合には、１４６の方がお勧めですね。ん？　使った形跡がないけど？」

キャップを取り、ペン先をルーペで見た後、店主が物問いたげな目を向けてきた。

「実は、使う機会もなくて、そのままになってるんです」

「１４９はサイズがかなり大きいから、手帳やノートの筆記には向かない。けど、１４６なら十分に対応できるよ。それに、就活生だったら、履歴書とか志望動機を書く機会はあるんじゃない？」

ぐっと唇を噛んだ。

使う機会がないのではない。使いたくないのだ。

「……私、無理に万年筆を使う必要性を感じてないんです。ボールペンでいいじゃないですか？」

大学に入学して驚いたのが、法学部の定期試験はボールペンか万年筆しか使えない事だった。その理由は、司法試験や官公署に提出する公的書類への記入がボールペンか万年筆に限られているからだと言う。ただ、そう聞いた時ですら、この大仰な万年筆を使おうとは考えなかった。

「確かにそうなんだけど……。でも、使われない道具ほど可哀想なものはないと思うな。僕は……」

ずきんと胸が痛んだ。

――それって、私の事だ。

求められない人材。

誰からも必要とされない人間。

砂羽が黙り込んでしまったせいで、場の空気が淀んでしまった。

嫌な雰囲気を紛らわそうとしてか、唐突に美海が話題を変えた。

「あれ、何の機械ですか？」

それは「神戸ペンフェア」でも見かけた機械で、あの時は「字幅を細くして欲しい」と希望する男性の為に使っていた。

「これはペン先の研磨用グラインダーといってね、調整士のシンボルのようなものです。製品として売られていないから、一点もののオーダーメード。つまり、僕の唯一無二の相棒だ」

店主は説明を続けた。

「荒研ぎ用の砥石に超極細目のゴム砥石、仕上げ用のバフが装着されていて、そこにペン先を当てて研磨する。紙やすりを使って手で研磨するより時間が短縮できるし、仕上がりも綺麗なんだ」

いかにもしっかりとした造りで、案の定、持ち運びに難儀するのが難点だと言う。

「材料を工夫して、もっと軽量な二号機を作れないかを今、考えてもらっているところでね。実は、この研磨機には重量以外にもう一点、困ったところがあって……」

店主はつまみに手をやり、スイッチを入れた。

瞬く間に、店内は轟音に包まれた。

美海は「うわぁ」と言って、両手で耳を押さえる。その様子を見て、店主が笑いながらスイッチを切る。

「やっぱり煩いよねぇ」

「こういうもんを作ってくれる人がおるんですか？」

「うん。伝手を頼って、ある企業さんを紹介してもらったんだ。僕が手書きで図面を書いて、細かく注文したり、何度も打ち合わせを重ねて、やっと出来上がった」

そこまで言って、はっとしたように表情を引き締めた。

「これは失礼。喋りすぎた。で、そちらの万年筆だけど……」

店主は砂羽に視線を戻し、話を軌道修正した。

「せっかくだから、これも何かの機会だと思って、この万年筆を使ってみるのはどうだろう？」

そして、インクの見本帳を取り出した。

「大学の入学祝いだよね？　という事は、購入してから三年以上は経っている訳だ。このインクは古くなっているから、インクだけは新しいのを買った方がいいよ」

万年筆と一緒に詰め合わされていたインクの瓶を、店主は指で軽く叩く。

「メーカーは純正のインクを推奨してるけど、他社のインクでも相性の良いものはあって……。だから、好きな色のインクを入れて、楽しめばいい」

「あの……。それで、私の人生は、私の就活は上手く行くんでしょうか？」

店主はじっと砂羽を見つめた後、首を傾げた。

「さっきも言ったけど、それは君次第だよ。それより、本気で就職したいと思ってる？」

「そりゃあ、そうですよ」

「ふうん……」

何故か、店主は納得できないような表情をしている。

「僕には君が、まだ子供でいたいと思ってるように見えるんだけど」

＊

肩にかけたバッグに、万年筆を収めたケースを入れ、砂羽は目的の場所へと向かった。

そこは川の傍にある工場街に建つ、小さな会社だった。消費者ではなく企業を相手に取引しているから、あまり馴染みのない社名で、従業員数は七十名ほど。これまで砂羽が受けた中で一番規模の小さな会社だ。

先日、ついに恐れていた事が起こった。

「内定ゲット！　もう、就活は終わり！」と美海が連絡してきたのだ。

派手に宣伝している大手家電販売会社だと、美海は嬉しそうだった。

調子のいい事に「あの怪しい万年筆店に行った後、すぐ決まったで。砂羽ちゃんも、妖精さんの言う通り、万年筆使うてみたら？」と言い出す。

同じように店に足を運んだというのに、砂羽はまだ内定をもらえていない。お気楽な調子でメールをしてくる美海が心底、憎らしくなる。

だいたい「妖精さん」って何？　確かに、若い頃の美少年ぶりを彷彿とさせる風貌ではあるけれど、相手はおじさんである。それも口の悪い。思い出しただけで、むしゃくしゃする。

（僕には君が、まだ子供でいたいと思ってるように見えるんだけど）

そんな事、ないもん。

万年筆店の店主の言葉が頭に浮かび、即座に否定した。

自分とて、いつまでも学生のままでいられるだなんて考えていないし、年齢なりの居場所を確保したい。ただ、大人の世界の入口で扉を叩いているのに、「ここは子供の来るとこじゃない」とばかりに跳ね返され続けているだけだ。

既に大手企業は採用を終了し、残されているのはこれまで名前を聞いた事のないような企業ばかりだ。

こんな季節外れに、真っ黒なリクルートスーツを着て町中を歩いていると、自分一人取り残されたような気分になり、まるで知らない道に迷い込んだような不安に襲われる。

今日は説明会の後で簡単な筆記テストがあるというので、砂羽は万年筆を携えてきた。あの日、選んだインクをその場で吸入してもらい、砂羽の手に合うようにペン先を調整してある。

砂羽には立派過ぎる万年筆だったが、実際に使ってみると確かにステージが一つ上がったような気分になる。さすがに人生が百八十度変わるとまでは思わないが、今までと違う事をすれば、この苦しい状況を突破できるかもしれない。

最早、神頼みだ。

地図を頼りに赴くと、やがて「並木工業株式会社」と社名の入った倉庫が見えてきて、その隣に二階建ての社屋が見えた。

外から事務所を覗くと、女性が十人ほどいて、ひっきりなしにかかってくる電話の応対に追われていた。声をかけるタイミングをはかり兼ねていると、一番奥のデスクにいた男性が気付いてくれた。

近づいてきた男性は扉を開くと、「えっと、あなたは？」と砂羽に問いかけてくる。

「本日の説明会に参りました、関西総合大学の野並砂羽と申します」

言いながら、男性を観察する。

いい色に日焼けし、ふっさりとした髪の男性は、年齢は五十に届いているかどうか。社名の入った淡いグリーンの上着姿で、ネクタイは締めておらず、スラックスの足元は安全靴だ。

「あ、あぁ、説明会ね」

深みのあるバリトン・ボイスだ。

「しまったなぁ、採用担当は今日、出かけてしまってて……。ちょっと待っててね。すぐに用意するから」

男性はバタバタと二階へと駆けあがり、暫くすると戻ってきた。そして、棚を開け閉めして何かを捜している。

「どうしたんですか？」

ちょうど電話を終えた女性が、砂羽と男性を交互に見た。

「約束してたのに、忘れてたみたいなんだ。全く……」

忘れられていた――。

その事実に、気分は下降線を描く。

「君、一緒に来て」

会社案内と筆記試験用のプリントらしきものを手に、男性が先に立って歩き出した。

ゴトゴトと音を立てる安全靴を見つめながら、砂羽は後について階段を上り始めた。

その時、背後で声がした。

「社長、岩本商店さんからお電話ですけどー」

男性が振り返り、よく通る低音で答える。

「後でかけるからー。そう言っておいてー」

――え、社長？

社長自らが説明会をするというのか？　一気に緊張感が増す。

説明会に参加しているのは砂羽一人で、社長はホワイトボードを背に座り、「並木工業株式会社」の社歴について話し始めた。

「祖父が始めた小さな工場というか作業場は、子供の頃の僕にとっては恰好の遊び場で、勝手に工具を動かしては木の枝や発泡スチロールを切ったりして、その度に母に怒られて……」

思わず吹き出してしまい、それを見た社長がニヤリと笑った。

「実は僕は男兄弟の末っ子でね。機械弄りや工作好きを祖父に見込まれたのか、大学を出た後、一旦他所で働いてたのに、暫くすると呼び戻された。『跡継ぎはお前だ』なんて言われて」

社長自身の生い立ちや人生に寄り添った社歴は、これまで訪れたどんな企業の話よりも、すんなりと心に染み込んできた。

――こういう人の下で働きたいなぁ。

親しみやすい気さくな社長のもと、先ほど見かけた女性達と一緒に働く自分の姿が、自然に頭の中でイメージできた。

やがて社長の話は終わり、筆記試験が始まった。

砂羽が万年筆を取り出すと、「へえ」と声が聞こえた。

筆記試験は漢字テストと、関西圏にある地名を読み書きするだけだから、十分ほどで終えた。

「何度も足を運んでもらうのも悪いから、今日、僕が面接までやってしまおうか」

社長は筆記試験の答案用紙をちらりと見ただけで、質問を始めた。志望動機など通り一遍の質問の後、「珍しいねぇ。若いのに万年筆を使っているなんて」と言った。

「両親が入学祝いに買ってくれたんです」

「……高校は明女なの？　へぇ、名門じゃない」

はっとして、不躾に社長の顔を見返してしまった。

明城女子大学付属は中高一貫の私立女子校で、確かに県内では「明女」で名を馳せていた。だが、全国的に知られている学校ではない。まさか母校の卒業生が、ここで働いているのだろうか？

だが、謎はすぐに解けた。

「いやぁ、実は新卒で入った会社が向こうにあって、明女出身の社員が多かったんだ。僕が若い頃の話だから、社員のお嫁さん候補に入社させてたんだろうけど。君は……大切に育てられたんだね」

ぎゅっと口を結び、「母に言われて渋々入った学校です」という言葉を押し潰す。

「……で、他に内定している会社はあるのかな？」

すっと血の気が引いた。

「いいえ。ありません」

「そうなの？」

社長は驚いたように目を見開いた。

惨めだった。

この季節になるまで内定ひとつとれず、未だに就職活動を続けている自分が。

「じゃあ、早く返事をしてあげた方がいいね」

思わぬ展開に、ごくりと唾を呑む。

「申し訳ないけど、あなたを採用する事はできない」

優し気な表情とは裏腹に、きっぱりとした口調だった。

喉元に「何故ですか？」という言葉がせり上がってきたのを、ぐっと呑み込んだ。目頭が熱くなったが、泣くまいと堪える。座ったまま動けずにいると、社長が表情を緩めた。

「これは、お節介かもしれないけど……。もっと自分の好きな物とか、やりたい事を考えた方がいいんじゃないかなぁ」

好きな物。

やりたい事。

散々、聞かされる言葉にもかかわらず、砂羽にとっては途方もない事に思える。

小説に没頭し、現実逃避する。そんな趣味は仕事に繋がらない。

「あ、難しく考えなくていいんだよ」

砂羽の表情が硬くなったのに気付いたのか、社長が慌てて言い添える。

「僕の話じゃないけど、子供の頃に好きだったり、得意だったりしたもの。そこにヒントがあると思うんだけど……」

その時、卓上で電話が鳴った。受話器から「社長ー。お約束の方がお見えです」と声が漏れる。「ほーい」と返事をし、社長は受話器を置く。

帰り際、肩をぽんと叩かれた。

「頑張れ」という言葉と共に。

くっと唇を噛みしめる。

――だよね。そんなに急に人生が変わる訳ない……。

何処をどう歩き、電車を乗り換えたのか。

気がついたら、あの細い路地の入口へと足を踏み入れていた。

老朽化したアパートや建ち並ぶ家の狭間に、まるでヨーロッパの風景を無理やり嵌め込んだような、そこだけ空間が歪んで見える場所。

すり減った石の階段を上り、扉を押す。

窓際の書斎机で、店主は書き物をしていた。

「いらっしゃいませ」

眉一つ動かさずに、店主が砂羽を見た。

この人は冷たい。

「どうしたの？」ぐらい聞いてくれてもいいじゃない。それとも、人生を変えてくれるというのは、嘘っぱちなの？

挨拶もそこそこに、砂羽は絞り出すように言っていた。

「私の何が駄目なんでしょう？　何故、私はどこの企業からも必要とされないのでしょうか……」

堪えていた涙が溢れ、膝から頽れていた。

＊

新幹線の隣に座った女性が、弁当箱を広げた。途端に食べ物の匂いが砂羽の鼻先にまで漂ってきた。

席を立ち、デッキへと向かう。

車窓には、一面の畑が広がっていた。

（一度、実家に帰ってみてはどうですか？　気分転換も兼ねて）

何故、そんな事を言うのだろう？

砂羽は店主の唇を見つめ、次の言葉を待った。

（ご両親がこの万年筆をあなたに贈った理由。知りたくはありませんか？）

そんな事は聞かなくたって分かる。

見栄を張りたかったのだ。

そうでなければ、高校を出たばかりの娘に、値段ばかり高くて、可愛くもなんともない万年筆など贈らない。

父はともかく、母は見栄っ張りだった。そして、自分が行きたくても叶わなかった名門女子校へと娘を入学させ、悦に入っていた。まるで我が事のように自慢していたのが、たまらなく恥ずかしかった。

数年ぶりに降りた駅前は、随分とすすけて見えた。

つまらない、何もない町。

自宅が近づくにつれ、懐かしさよりも息苦しさが勝った。自然と足取りも重くなる。「ここから出て行きたい」という思いだけで生きていた、高校生の頃を思い出す。

似たような建物が並ぶ一角に、砂羽の実家はある。新築の頃は白かった外壁も、今は灰色に汚れ、カーポートは自転車や雑多な物の置き場になっている。変化と言えば、そこに少なくない鉢植えが置かれている事ぐらいだった。

合鍵で玄関を開けると、驚いた事に猫に出迎えられた。真っ白な、綺麗な猫だ。じっと砂羽の顔を見上げた後、「ニャッ」と一声鳴いた後、足元にまとわりついてきた。

靴を脱ぎ、二階にある砂羽の部屋へと向かうと、猫も一緒についてきた。

部屋には、見慣れない収納用のプラスチックケースが三つほど置かれている他は、ほぼ家を出た時のままだった。あまり掃除されていないようで、薄《うつす》らと埃が積もっている。

インターフォンの音が唐突に鳴り響く。

無視していると、「さーわーちゃん」と声がしたから、慌てて階段を駆け下りる。ドアを開けると、隣に住む小学校時代の同級生が立っていた。

「えっちゃん！　何で？」

「今、家に入って行くのを見かけたから……。迷惑だった？」

「ううん。久し振り。元気だった？」

懐かしさのあまり、「変わってないね」と言うと、「うん、お互い」と返ってきた。

幾ら幼馴染とは言え、埃だらけの私室に通す訳にはいかないので、リビングに入ってもらう。子供の頃、お互いの家を行き来した仲だから、えっちゃんは遠慮なくソファに寝そべり、リモコンでテレビをつけた。

「あー、分かる、分かる」

冷蔵庫からペットボトルのお茶を出していると、えっちゃんがテレビに向かって喋っているのが聞こえた。

テレビでは今、高学歴なのに働いていない二十代の男女が集まり、座談会の最中だった。

お茶が入ったコップを運んで行ったタイミングで画面が切り替わり、雛段に並んだコメンテーターが口々に発言を始めた。

「何だったの？」と聞くと、えっちゃんは寝ころんだまま答える。

「中の一人がね、『誰も産んでくれなんて頼んでない』って言ったの」

「ふうん」

親が聞いたら怒るだろうが、砂羽も母に対して同じ気持ちだった。

産んでくれとか、ましてや教育をつけて欲しいなんて頼んでない。中学受験なんかしたくなかったし、一度だけ「えっちゃんと同じ地元の中学に行きたい」と泣いた。あの時、もっと強く抵抗していたら、今、こんな惨めな思いをせずに済んだかもしれないのだ。

「だいたい、親不孝だとか、罰が当たるとか、うるせーっつーの。面倒臭いから、聞き流してるけどさ」

　えっちゃんは、コップのお茶を勢い良く飲んだ。

「だよねぇ」と、暫しお互いの親の悪口を言い合う。

「あ、そうだ。えっちゃんは今、何の仕事してるの？」

　別に興味はなかったが、久しぶりに会ったのに近況を聞かないのも変だ。

「高校を出た後、織物工場に就職したけど、今は辞めて、近所の歯医者さんでバイトしてる」

「そっか」

「砂羽ちゃんは？」

「私？　私は仕事が決まらなくて……」

「大学に行ってるんだから、何処かには決まるでしょ？」

「それがね、いざ仕事を探そうと思うと、やりたい事が何もなくて……」

「え！　砂羽ちゃん、やりたい事ないの？　だって、大学まで行ったんだから、勉強が好きなんでしょ？」

　えっちゃんは訳が分からないという顔をした。

「うちのママが羨ましがってた。砂羽ちゃんは私と違って出来がいいから、きっと立派な職業につくんじゃないかって……。実は砂羽ちゃんと比べられて、私、肩身が狭いんだよね」

「そうでもないよ。別に、法律に興味があったとか、お父さんみたいに弁護士になりたかったとかでもないし……」

「へぇ。それなのに大学に行かせてもらえたんだ。いいな。うちじゃ考えられない」

　痛い所を衝かれ、顔が熱くなる。

「そう言えばさぁ、砂羽ちゃん、意外と天然だったよね。幼稚園時代に教室から脱走して、先生が捜しに行くと、近くの公園でぼんやり雀を眺めたり、花に話しかけたりして」

「ええええっ？」

　全く記憶になかった。

「お遊戯や運動会の時も、皆と同じ動きができなかった。今で言う、ＫＹだったのかな？

そのせいかどうか分かんないけど、小学生の時は上級生に目をつけられて、『えっちゃん、怖いから一緒に帰って』って、私に張り付いてたんだよね。私学を受験したから、中学であの上級生と顔を合わせたくなかったんだなぁって思ってた」

「そうだったんだ……」

「ええぇー！　覚えてないのお？　あんだけ大騒ぎして」

　砂羽の記憶が追いつかないまま、えっちゃんが続ける。

「そんなだったから、お母さんも心配だったんじゃない？　今だって、お父さんの弁護士事務所で働かせたいって言ってるみたいだよ。もうお母さんの言う通りにしたら？」

「絶対にイヤ」

「でも、仕事が決まらないんでしょ？　特にやりたい事もないんだったら、素直にお父さんの事務所で雇ってもらいなよ」

　悔しかったが、何も言い返せなかった。

　それまで何処かに行っていた猫が、「にゃーん」と可愛らしい声をあげながらリビングに入ってきた。

「シロ」と、えっちゃんが呼ぶと、猫は尻尾をぴんと立て、えっちゃんの足に身体をこすりつけた。

「随分、懐いてるんだね」

「元々は、うちの庭に住み着いた野良なんだ。最初、砂羽ちゃんのお母さんは猫なんて飼うつもりなかったんだけど、うろちょろしてるのを見てるうちに情が移ったみたい。子供が小さかった頃を思い出す……なんて、私に言うんだよ」

　母らしいと思った。

　子供はペットと同じ。だけど、砂羽はペットではないし、もう上級生を怖がる小学生でも、一人じゃ何もできない小さな子供でもない。

「お母さん、寂しいんじゃないかな」

「自分は母を安心させる為に生きているんじゃない」と思ったが、「そうかな」とだけ返事した。

　えっちゃんが帰って暫くして、母が帰ってきた。

「あら」と、砂羽を見るなり眉をひそめ、「帰ってくるんだったら電話ぐらいしてよ」と言った。

　会わないでいた数年の間に白髪が増えていた。

　当たり前の話だが、砂羽が三年前の自分と違うように、母も三年分の年を取ったのだ。

「夕飯は？　ご飯が一人分しかないから、いるなら今から炊くけど」

相変わらず、父は家で夕飯を食べていないらしい。砂羽が家を出た後、母はずっと一人で食事しているのだろうか。

「おかずだけでいい」

「大したものはないよ。先に知らせてくれてたら、何か用意しといたんだけど……」

母は買ってきた総菜を皿に移し、冷蔵庫から鍋を取り出す。朝食の時に作った味噌汁を温め直すようだ。あとは卵焼きとひじきの煮物という質素な食事だった。

砂羽が高校生の頃には、テーブルにハンバーグやコロッケ、サラダの付け合わせにマヨネーズやケチャップを和えたスパゲティが添えてあったり、スープまで並んでいたから、随分と食卓が寂しく見える。

「カップ麺ばかり食べてるんじゃないの？　顔が吹き出物だらけ」

就活ストレスで体重が増え、顔にはニキビができていた。

「お母さん……」

「何？」

「私、お父さんのとこでなんか働かないからね」

母が訝し気に目を細めた。

「お父さんの事務所、あなたを雇う余裕なんてないわよ。もしかして、アテにしてたの？」

えっちゃんが言っていたのと、随分と話が違う。母が思い付きで言ったか、えっちゃんの勘違いだろう。

「別に、そんなんじゃない。とにかく、自分で働くとこ探すから」

「就活って夏からだっけ？」

本当はとっくの昔に始まっていたが、説明するのが面倒だったし、「自分だけまだ内定をもらえてない」と言うと騒ぎそうなので、そのまま勘違いさせておく事にした。

「お父さんは、法律の知識を生かすんだったら人事や労務、法務の仕事がいいんじゃないかって言ってたけど……。公務員試験は受けるの？」

黙って首を振る。

公務員試験を受ける学生は、ダブルスクールで勉強している。大学に通いながら、夜は専門学校で勉強する事になるから、相当な努力が必要だったし、お金も余分にかかる。特に公務員になりたい訳でもなく、母にダブルスクールの学費の相談をしたくもなかったので、最初から選択肢に入れていない。

「入学祝いでもらった万年筆、物凄くいい物だって言われた。何で、あんな高価なの贈ってくれたの？」

話を打ち切りたくて、別の話題を持ち出す。

「お父さんが、砂羽が司法試験を受ける時の為にって、いい万年筆を贈りたがったのよ」

ふいに息苦しさが増す。

そんな期待をしていたのか――と。

「それに、シャープペンシルの使用が禁止されている法学部があるんでしょう？　テストの答案用紙をシャープペンシルで書いたら、不合格とか……。お父さんも大学生の頃、講義のノートは万年筆でとっていたみたいよ。ボールペンで長文を書くのは疲れるからって」

「今時の学生は皆、ボールペンを使ってるよ。万年筆を使ってる人なんか、見た事ない」

これまで、両親から贈られた万年筆を使えなかった理由が段々と呑み込めてきた。

あの万年筆は、砂羽の手に余るのだ。

そこに込められた思いが、重たすぎて。

まるで、親の期待通りになれと言われているような気がして、どうしても手に取る気になれなかったのだ。

「もしかして使ってないの？　あんなに好きだったのに」

母の唐突な言葉に、「は？」と聞き返していた。

「覚えてない？　子供の頃、お父さんの大事な万年筆をこっそり使ってたのを……。あんないいペンで、広告の裏に漫画を描き散らかしたりして。取り上げたら、万年筆が欲しいってダダをこねて」

「あ……」

自宅には父の書斎があり、そこには何本かの万年筆が置かれていた。「入ってはいけない」と言われていたが、こっそり忍び込み、座卓の上のペントレイから万年筆を取り上げ、内緒でこっそり字を書いてみた。驚くほど綺麗な線が引け、それが面白くて、夢中で絵を描いていた。

何故、すぐに思い出さなかったのだろう。

今から思えば、あの真っ黒で重厚な万年筆は、〈メディコ・ペンナ〉の店主が見せてくれた、モンブランのマイスターシュテュック１４９に似ていた。随分と使い古されていたから、或いは今では使われていない型なのかもしれない。

その万年筆が、ある時ペントレイから消えていた。砂羽が触っているのに気付いて、父が隠したのだろう。

「お父さん、口では困ったと言いながら、『万年筆の良さが分かるなんて大したもんだ。俺の血を引いてる』って喜んでた。砂羽が法学部に行きたいって言い出した時もだけど……」

そこで、母はふうっと溜め息をついた。

「お母さんは、弁護士にならなくたっていいから、もっと普通の子になって欲しかった。えっちゃんみたいに、休みの日に買物に付き合ってくれたり、一緒に食事に行ってくれるような……」

そして、もそもそとご飯を食べ始めた。

ムシのいい話だと思った。

こっちこそ、困った時には何でも相談できるような、懐の深い、優しい母が良かった。

砂羽が今の大学を選んだのは、ただ家に居たくなかったからで、もし家族との関係が良ければ、選択肢はもっと広がったはずだ。

そんな風に自分を追い込んだのが、母娘のきしみに気付かなかった父であり、子供を構う事で自らの不満を解消してきた母なのだ。

父の期待に応えて法律関係の仕事に就くのも、今から母との関係を築き直すのも、到底無理だと思った。それとも、その無理を我慢するのが、大人なのだろうか？

（僕には君が、まだ子供でいたいと思ってるように見えるんだけど）

大人になるって、どういう事なんだろう？　砂羽には、まだ分からなかった。

ただ、ここには戻らない。

それだけは、強く胸に刻み込んだ。

＊

その日、美海に引っ張られるようにして、砂羽は坂を上っていた。

「ほら、見てみい！」

石造りの洋館の前には、白い立て看板があり、そこに貼り紙がされていた。

【スタッフ急募】販売のお手伝いと簡単な雑用をお願いします。土日出勤できる方歓迎。学生可。


「気分転換にどうやろか……って。砂羽ちゃん、ずっと表情が暗くて、どないかなってまいそうで、心配で……」

言い訳するように、美海は言葉を重ねる。

「説明会は平日やし、上手い事シフト組んでもろたら、両立できるんちゃう？　ほら、うちの法学部は卒論もないし……」

目を伏せ、足元を見ていると、いきなり美海の声音が変わった。

「ごめん！　やっぱり気ぃ悪したよね？　あほやなぁ、私。そやけど……」

「ううん。いいの」

確かにお節介だったが、砂羽を思いやってくれた気持ちは嬉しかった。

――それに、私はまだ、自分に相応しい万年筆を手に入れていない。

両親が贈ってくれたモンブランではなく、自分の好きなものを選びたかった。

砂羽に似合う万年筆とは一体、どんな形や色をしているんだろう。時間をかけて、ここで探してみたいと思った。

「ここの妖精さんには子供扱いされたまま。やっぱり、そんなの癪に障る」

「ええよ。無理せんでも」

「無理してない」

階段を上り、そっと扉を開けて中を覗く。

休憩中なのか、妖精さん、ならぬ店主はコーヒーを飲んでいた。そして、砂羽に気付くと「おや」という顔をして見せた後、柔らかく微笑んだ。

その笑顔に勇気づけられ、砂羽は店内に足を踏み入れた。

「あのぅ、表の貼り紙を見たんですけど……」

第二話　幸せな万年筆

六月

金曜日の午前八時。

これから降版までの数時間、橋口《はしぐち》博子《ひろこ》が所属する「日本スポーツ」大阪本社編集部は、息が詰まるような緊張感に包まれる。

各スポーツ新聞社は何処も、毎週末の中央競馬開催に向けて一週間かけて取材を行い、平日の紙面はもちろん、金曜日と土曜日には予想用に別紙を挟み込んで販売される。

今日は、その悪夢の日だった。

組版部の面担当には整理部員が一人ずつ張り付き、ホストコンピューターに繋がれた組版の大型モニターを見ながら指示を出している。

制作部の壁には、一面から終面の割付が順に貼り出されていて、博子は自分に割り振られた面の前に立つ。

手には赤ペン、傍らには小箱が二つ。一方の箱の中には、入力オペレーターが出力した小ゲラ、組み上がった見出しや表などの各素材が積み上げられている。さっとチェックして、「校正済」の箱に入れると、係の者がまとめてオペレーターに割り振り、データに修正を反映させてゆく。

時間が経つにつれ、辺りはざわつき、殺伐とした雰囲気になって行く。

痛み始めた胃を、博子はそっと撫でた。

突如、制作部の扉が乱暴に押し開かれた。

フロアに緊張が走り、ざわりと肌が粟立つ。

「出走取消！　記事、差し替えてっ！」

紙片が舞い、怒号が津波のように押し寄せてきた。

「え――っ、今から？」

校閲部長が甲高い悲鳴を上げながら博子を見たから、胃が痙攣《けいれん》しそうになる。

出走取消があったのは、博子が担当する面に掲載されるレースだった。よりによって、予想記者全員が印をつけた本命馬だ。

「最悪……」と、思わず声が漏れた。

馬柱《うまばしら》は一本減らされるから、そこを埋めるべくレイアウトが変更され、予想記者は新たに印を打ち直し、レース部は本文を書き直す。

そして、組版の面担当者は端末のモニター上で見出しや表、各素材を、新しいものと差し替えて行く。版を降ろすまでのごく短い時間内に、出走を取り消した馬の痕跡《こんせき》を紙面から完璧に取り除かなくてはならない。

「橋口ー、まだかー？」

集中力を削ぐような声が背中に突き刺さる。

きりきりと胃が痛み、脂汗が出た。

文字を追ってはいるが、内容は頭に入って来ない。

早くしろ！

部長ー、印刷部から「まだか？」と電話が入ってます！

えらいこっちゃー！　騎手の◎◎が逮捕されたぞ！

何だ、何だぁ、今日は？

こりゃあ、明日の競馬は中止か？

再び電話が鳴る。

おーい、輪転機が壊れたってよ。修理に一日かかるって。

え、どーするの？

今からガリ版刷りで紙面作るんやて。

アホらし。帰ろ、帰ろや。

飲みに行く人、この指止まれ。

ちょー待って、ちょー待って、俺も行くから。

あ、はしぐっちゃん。俺ら今から飲みに行くから、後、片付けといて……。


首周りにびっしりと汗をかき、そのせいで髪が濡れていた。

悪夢で目が覚めた後は当然、寝覚めが悪い。

妙にリアリティがあったが、有り得ない展開だった。途中から夢だと気付き、必死で「これは夢だ。夢だ」と言い聞かせた。にもかかわらず、博子は夢の中で焦っていた。

時計は午前一時過ぎ。

布団に入ってから、二時間しか経っていない。

こうなると、もう目が冴えて眠れなくなる。明日は休日だから睡眠不足でも問題なかったが、今度は生活のリズムが崩れ、出勤日の朝が辛くなる。

寝るのは諦めて、枕元に置いたスマホを手に取った。「カコヨモ」のサイトを開いて、新しいレビューがついていないかをチェックする。

「カコヨモ」は、大手出版社・犀星堂《さいせいどう》が提供する小説投稿サイトだ。博子はここに作者登録し、「まひろ汀」というペンネームでウェブ上で小説を公開している。これまで二作投稿していて、その二作目が恋愛ジャンルで上位に入っていた。とは言え、アクセス数は五千ＰＶ程度で、そんな作品はざらにある。

――でも、最初に投稿したのに比べたら……。

初めて投稿した作品は、ＳＦ界の大御所・四方純《しかたじゅん》を意識した意欲作だったが、アクセス数は伸びず、レビューもおざなりな内容がごく僅かという有り様だった。

そこで、今、流行りのご当地グルメ小説の要素を加え、スイーツに目がない男の子が、隣の部屋で暮らす女子高校生とカフェ巡りをしたり、テイクアウトしたスイーツを部屋で一緒に食べるだけという話を書いた。

舞台は、博子が幼い頃に過ごした神戸だ。

阪神・淡路大震災をきっかけに、博子は一家で大阪に引っ越した。以来、神戸とは疎遠になっていたから、子供の頃の記憶を頼りに書いた。

ジャンルは「恋愛」に指定してあるが、この二人が恋愛関係に発展する事はなく、ただただ美味しいものを食べては、感想や批評を言い合うだけの関係がだらだらと続いて行く。

概ね好意的なものが多かったが、中には「何もドラマが起こらないので、安心して読めるのが良い」と微妙な感想がついていたり、かと思うと「何を言いたいのか分からない」、「時間の無駄だった」という辛辣な物もあった。だが、何も反応がないよりは余程いい。

――次の題材は何にしよう……。

似たようなコンセプトで書くのが良いのだろうが、一作書いただけでネタが尽きてしまった。新たなネタ探しの為、検索ワードを次々と入れて行く。

より恋愛小説に寄せるか、或いはスイーツだけでなく、聖地巡礼できるような観光要素を入れるのはどうだろう。

とすれば、今の神戸を書かなくてはならない。

震災後、博子の遊び場でもあった元町商店街や三宮センター街の老舗は、次々と廃業したと聞く。代わりに携帯ショップ、ドラッグストア、ファーストフード店が増え、神戸の景色は大きく変わり、他の地方都市とさして変わらない町になったと、両親が嘆いていた。

そんな表通りとは対照的に、それまで脚光を浴びなかった裏通り、トアウエストや海岸通、栄町通界隈にカフェや雑貨、家具店が新たに現れ、若い層が訪れるようになったとも——。

試しに、検索をかけてみる。

神戸、カフェ、スイーツ、異人館……。

そうやって三十分ほどスマホを弄っていたところ、気になるサイトが引っかかってきた。


今、お使いの万年筆をお持ち頂けましたら、あなたの人生を変えるお手伝いをいたします。


〈メディコ・ペンナ〉という、万年筆店のサイトだった。

淡い紫色の鎧戸が可愛い、石造りの洋館が博子の目を引いた。

＊

北野坂《きたのざか》から山手《やまて》幹線《かんせん》を経由して、ハンター坂を上る。カトリック神戸中央教会が見えたら、そこはパールストリートだ。周辺に真珠の選別や加工を行う企業が集まっているせいで、その名で呼ばれている。

これから向かう店は、異人館街にあってもおかしくなさそうな外観をしていたから、博子は不思議に思った。

洋館があるのは海側の旧居留地か、山手にある北野町の異人館街で、いずれも広い敷地に建つ、いわゆるお屋敷である。

そして、トアロードや駅周辺で目立つのは、外壁に凝った装飾がされていたり、アーチ窓が並んでいるような、かつて貿易関係の企業のオフィスや、小さな工場として使われた建物だ。建物の中には、吹き抜けの天井からぶら下がる灯りやステンドグラス、すり減った石の階段、壁を這いまわる配管、木枠の窓や真鍮のドアノブなど、往時を思わせる建具がそのまま残されている。

一方、パールストリートにはモスクがあるせいか、イスラム系の香辛料や雑貨を売る店、ハラルフード、エスニックなレストランが点在するのが特徴になっている。

今、博子のバッグの中には、仕事で使用している赤ペンが入っている。

同僚の校閲記者達は、油性ボールペンを使用する者が多い。水性だとすれてしまったり、うっかり何かをこぼした時に文字が消えてしまうというのが、その理由だ。博子も最初はそれに倣っていたが、腱鞘炎《けんしょうえん》になったのを機に、筆圧をかけなくても楽に書ける万年筆へと持ち替えた。

――あんなの、別に本気で信じてる訳じゃない。

万年筆を持参するだけで人生が変わるなんて、そんな夢みたいな事は考えていない。ただ、小説の素材として惹かれただけ。

――えっと、この辺なんだけど……。

案内図に書かれていたレストランの前を通り過ぎると、山手に向かって、車が一台通れるぐらいの細い路地が伸びていた。

訝しく思いながら歩いてゆくと、やがて騒々しい音が聞こえてきて、それは突然現れた。

洋館風に見せかけたちゃちな建売住宅ではなく、時代を帯びた本物だった。間口が狭い、ミニチュアの洋館といったところか。

周りは二階建てのアパートや建売住宅が並んでいて、一体、どういう理由で、この建物が紛れ込んでいるのか不思議だった。

こちらに倒れかかっている鉢植えの木を除け、すり減った石の階段を上り、扉を押す。外にまで鳴り響いていた音が、途端に大きくなる。ここは何かの工場なのかと錯覚したが、かと思えば金糸の刺繍が入ったカーテンで窓が覆われ、店内はアンティークショップのような設えになっている。

古びた棚やテーブルには、折り目の美しい白い紙の束が並び、その傍らにはオールドローズが生けられたガラスの花器、銀の燭台がさり気なく置かれていた。薄暗さに目が慣れてくると、白い紙の束は便箋に封筒、カードやノート類だと気付く。

窓際に大きな書斎机があり、恰幅のいい男性が椅子に座ってメモ帳に何やら書きつけているところだった。そして、机を挟んだ向こう側に、白髪頭の男性がいた。店主だろうか？　こちらに背中を向け、壁際に置かれた機械で何かを削っている。

騒音の元は、その機械だった。

目をこらすと、右手で万年筆の首あたりを持ち、反対側の手で尻軸を支えながら、ペン先を機械にかけていた。いや、よく見ると万年筆のキャップの中に金属製の器具が挿入されていて、それでペン先を挟んでいた。その器具が半田付けに用いる物だと博子は気付く。普通のピンセットとは逆に、手を離すと摘めるようになっているのだ。

店主はスイッチを切って機械を止めると、銀色の小さな器具を目に当て、万年筆のペン先を覗く。

　卓上には紙やすり、ルーペの他に分解された万年筆のパーツが、紙の上に置かれていた。

「お伺いしましょうか？」

　店内が静かになったタイミングで、店員に声をかけられた。学生っぽさを残した若い女性だ。アルバイトだろうか？　その素朴な風貌に、博子は緊張を解いた。

「万年筆を見てもらいたくて……」

「あ、調整ですね」

　そういえば、「万年筆の調整料のみで相談承ります」と店のサイトにあったのを思い出す。調整というのは、何をするのだろう？

「お客様。当店にお見えになるのは初めてですよね？　店主に代わって、私がご説明させて頂いてよろしいでしょうか？」

　女性は淀みなく喋り出した。

　口下手な博子の目には、自分よりずっと若い女性が、初対面の相手にすらすらと話す様子が眩しく映った。

「万年筆をお使いになる方には、それぞれ癖があります」

筆圧が強い、弱い。

ペンを立てて持つ、寝かせて持つ。右に傾けて持つ者もいれば、その逆も。

「一般的に作られた万年筆は、基本的な持ち方を基準にしていますので、全ての方に書きやすいとは限らないんです」

そこで各々の癖にあわせてインクが出る量を調節し、ペン先に付けられたイリジウムという硬い金属を研磨するのが、調整なのだと言う。

「万年筆は使い続けてゆくうちに、持ち主の癖にあわせて書きやすくなります。ですが、調整をする事で、購入したその日から、十年間お使いになった書き心地を体現できるんです」

ここで購入した新品に関しても、購入者の筆圧や癖などを目の前で店主が見て、最善の状態に調整してくれるらしい。

「ただ……」

女性が眉を曇らせた。

「今日は予約で塞がっていて……。申し訳ありません」

「予約が必要だったんですね。こちらこそ気が付かなくて……」

「平日はそうでもないんですけど、土曜日と日曜日は調整をご希望されるお客様が多くて……」

そう言って、窓際の書斎机の方に目をやる。

先程と同じ姿勢で、店主はルーペを使って万年筆の先を見ている。

その風貌は年齢不詳で、不思議な雰囲気を漂わせていた。随分と若く見えたかと思うと、光線の角度で四十を過ぎているようにも見える。

「あそこで、その……調整というのが行われるんですね？」

「はい。書き心地を良くする以外に、上手くインクが出なくなった万年筆ですとか、前のオーナーの書き癖がついたヴィンテージ、落とすなどしてズレたり、曲がったりしたペン先も修理しています。あの煩い機械はペン先を研磨する為のグラインダーで……」

その時、店主が女性を呼んだ。

「砂羽ちゃーん。コーヒーお願い」

彼女の名は砂羽というらしい。

「はーい。ただいま。……あ、良かったら、お客様も如何ですか？」

手渡されたメニューには、コーヒーの種類と値段が書かれている。まるで喫茶店だ。

「あの、アイスオーレってお願いできます？　ミルク多めの……」

胃が弱っているせいか、最近はたっぷりミルクを入れないとコーヒーが飲めなくなっていた。

「はい。すぐにお持ちします」

コーヒーが出来上がるまでの間、博子は店主の仕事ぶりを観察する事にした。

そう広くない店だから、自然と店主と客の会話が聞こえてくる。

客は万年筆の不具合を訴え、店主が手元でちょこちょこっと弄って客に手渡し、文字を書かせている。

なかなか客の気に入るようにならないらしく、二人の間で何度も万年筆が行き交う。

「……さんは、本当に難しい事を仰るから」

「そりゃ、大事な仕事道具だもの。必ずしも取材先に椅子と机があるとは限らないし、手にしたメモ帳に、ささっと聞き出した内容を書き付けなきゃいけない時もある。まぁ、今時、万年筆でメモをとる記者も珍しいんだけどさ」

新聞記者のようだが、見覚えがないから他社の記者なのだろう。

「若い記者さんの中には、万年筆なんて見た事も触った事もないって方もいらっしゃるんでしょうね」

声と喋り方から判断すると、店主は博子よりは年長に思えた。

モップみたいなもしゃもしゃの髪は白く、少年のような童顔。身に着けているのは灰色のシャツに同系色のパンツ。そのグレイッシュな風貌は何かに似ていた。

ふいに、頭に一羽の鳥の映像が思い浮かぶ。

――あ、梟……。

「森の賢者」と称され、何処か知性を感じさせる梟に似ているのだと気付く。

「お客様、どうぞ……」

目の前にアイスオーレが置かれた。氷で冷やされ、グラスの表面には細かい水滴が浮かんでいる。

「万年筆の購入を考えてるんですけど、幾つか見せて頂けますか？」

せっかく足を運んだのだから、色々と商品を吟味したい気分になっていた。

「何かお好みとかありますか？」

「今、使ってるのより、もう少し本格的なのが欲しいかな」

博子が仕事で使用しているのはプレピーという商品で、インクが入ったプラスチックのカートリッジを差し込んで使用するタイプだ。

「だったら、吸入式が良さそうですね」

吸入式とは万年筆の本体に直接、インクを入れる物らしい。

「お好みのペン先など、ございますか？」

ペン先にはスチール製と金製があり、金の中でも、14金、18金、21金と、金の含有率が上がるにつれ書き味は柔らかくなり、価格も高くなるそうだ。ちなみに、博子が使っているプレピーのペン先は、スチール製だと言う。

「金ペンだからとか、価格が高いから良いという訳でもなく、スチールのカリカリとした書き味がお好きな方もいらっしゃいますので……」

「私、他の万年筆を使った事がなくて、それが好きかと言われても、ちょっと分からないんです」

買物をする予定ではなかったから、何も決めずに訪れていた。

「それでは、違いを体験して頂く為に、吸入式の金ペンでご用意いたします」

「あと、黒とかじゃなくて、明るい色の軸を見せて下さい」

「かしこまりました」

すぐに、白い紙とインク瓶が目の前に置かれた。

紙は店名を入れた特注で、インクは深い青。靴形のインク瓶が可愛らしい。

どうやら、購入する前に試し書きができるようだ。

待っている間に、新たに客がやって来た。

店主が「久し振りじゃないですか、多和田《たわだ》さん」と驚いたような顔をした。

こちらはラフな柄シャツに、Ｇパンというカジュアルな恰好だった。髪と髭を伸ばしていて、その中に埋もれた目が優しい。店主とのやり取りを見ていると、常連客らしい。

「申し訳ありません。今日はご予約の方が多くて……」

「や、今日は調整をお願いしに来たんじゃないんです。実は、個展を開催するんです。そんな訳で制作が忙しくなって、暫くここにも顔を出せなかったんです」

　鞄の中からハガキの束を取り出す。

「二十枚ぐらい、置いてもらえますか？」

「いいですよ。お預かりします」

「あ、良かったら、どうぞ」

　博子に気付くと、多和田さんは案内ハガキを手渡してきた。

　色とりどりのカクテルが描かれた絵だった。今にもきらきらとした光がこぼれてきそうな、美しい色彩に心惹かれる。

「綺麗な色ですね」

「ありがとうございます。アクリル絵の具を使って着色してるんです」

「この深みのある黒があるから、他の綺麗な色が引き立つんですね」

「黒……ですか。そうですねぇ……。ただ、僕の中では『黒』という絵の具は存在しないんです。黒に見えますが、ウルトラマリンブルーとバーントシェンナを混ぜて作った色なんですよ」

深い青と褐色を混ぜる事で、透明感のある暗色を作り出せるそうだ。

「色を褒めて頂くのも嬉しいんですが、僕としては万年筆で引いた線を見て頂きたいですね」

「え！　万年筆で？」

思わず、ハガキに目を近づけていた。

「こ、この、髪の毛みたいな細い線も、万年筆で引いてるんですか？」

「はい。ペン先を特注で冬木《ふゆき》さんに研いでもらったんです。極細の線が引けるように」

冬木。

それが、店主の名前のようだ。

「線を引くのに使ったのは、顔料インクなんです。染料インクは紫外線で退色するし、水で消えてしまいますから。確かに詰まりやすいし、手入れも大変なんですが……。最初の頃は極細のペン先がなくて、ロットリングを使ってました」

だが、ロットリングでは線に表情が出せないのだと言う。

「そんな時、こちらのお店を知って、冬木さんに相談したんです。冬木さんは研ぎ方次第で、〇・一三ミリの超極細の文字から、六ミリの極太文字まで字幅を調整できると仰るんです。初めて、冬木さんに研いでもらった万年筆を使った時は、あまりの凄さに笑っちゃったぐらい……。僕はずっと、絵画は色の方が重要だと考えていました。ところが、綺麗な線を引く事で、質感や色彩をも感じさせる事ができると気付いたんです。以来、余白を利用したり、色数を吟味するなど、線を殺さないように心掛けています。万年筆のおかげで表現の幅が広がり、絵描きとして階段を一段上れた気がするんです」

聞き耳を立てていたようで、店主と向かい合っていた新聞記者が振り返った。

「さすがですね。そんなペン先を作れる人、今の日本にはそうそういませんよ。調整士は高齢化が進んでいて……」

その時、「お待たせしました」と声をかけられ、振り返った。

アイスオーレのグラスの横に、二本の万年筆が載ったトレイが置かれていた。

「左側から説明します。プラチナの＃３７７６センチュリー、色はシュノンソーホワイトです」

淡いアイボリー調のボディとゴールドのパーツが美しい、お洒落な万年筆だ。色の名はフランスのロワール地方、シュノンソーにある白亜のお城から拝借したようだ。

「右側はニースです。色はリラとなります。どちらも国産のメーカー、プラチナ万年筆の商品です」

　名前の通りリラ（ライラック）を思わせる淡い透明のピンクだが、軸が凹凸のストライプ調になっているから、曇りガラスのような素材感があり、浮ついたところがない。大人の女性に相応しいペンだ。

　シュノンソーにニース、プラチナの万年筆にはフランスの地名に因んだ商品が多いと言う。

「いずれも一万から二万円台で購入できます。この価格は、高級万年筆と呼ばれる金ペンの中でも最も安い価格帯で、性別を問わず多くのユーザーをターゲットにして考えられているんです」

　そして、二本目以降を選ぶ際の指針になるものだとも。

　最初に選んだ万年筆を基準にして、「今、使っているものより軽い」「書きやすい」といった観点から自分の好みや守備範囲を決めてゆくのが、万年筆選びの王道らしい。

「……という訳で、この辺りから始められるのが良いんじゃないかと……。どうぞ、つけペンでお試し下さい」

　インクを吸い上げるのでなく、ペン先に付けただけの状態で渡された。

　最初にシュノンソーホワイト、次にニース・リラを試した。

「もしかして、字を書くお仕事をされてるんですか？」

砂羽の言葉にはっとした。

「凄く慣れていらっしゃるので」

「えぇ、まぁ……。元はボールペンを使ってたんですが、腱鞘炎になってからは、ちょっと辛くて……」

「腱鞘炎をお持ちでしたら、筆圧をかけなくても書けるように調整された方が良さそうですね。やや後ろの方を持ち、寝かせるようにして筆記すると楽なんですよ」

勧められるがまま、「永」の字を試し書きする。

永には、とめ、はね、はらい、縦線、横線の全てが含まれているので、試し書きにはよく使われる字らしい。

次に、地名や姓名を書き出した。

気が付くと、漢字の脇に小さな文字でふりがなを打っていた。これはルビと呼ばれるものだ。

プライベートな時間だというのに、紙の上には仕事で使用する記号が並んで行く。楕円形を二つ書き、その一つは中に斜め線を、もう一つには頭の上に横線を一本引いた。

そして、階段状や波形の線。

一通り試した後、ペンと自分が書いた字を交互に見ていた。

「……でも、白って汚れやすくないですか？」

もう一度シュノンソーホワイトを手に取りながら尋ねる。

痛い所を衝かれたとばかりに、砂羽はごくりと唾を呑み込み「はい。実は……」と説明を始める。

「お使いになっているうちに、ねじの溝部分が汚れてしまうと思います。あと、透明なニース・リラの場合は蓋の内側にインクが付着した時に、表から透けて見えてしまったり」

軸に手垢やインクの汚れもつきやすいが、それは軸が淡い色の万年筆の宿命だった。

「気にされているのは汚れですよね？　粘度の高くないさらっとしたインクをお使いになって、小まめに拭いてもらえたら綺麗なまま使えますよ。万年筆のインクは、どれを選んでも同じではないんです。メーカーによって同じブルー系でも、色や粘度が異なりますし、様々な種類のインクがあって……。なので、中に入れるインクを工夫すれば、汚れは気にならないと思います」

「仮に、白い万年筆を使う場合、避けた方がいいインクって、あります？」

「そうですねぇ……。個人的に赤は避けた方が良いと思います」

「赤……」

それは、博子が最も多用する色だ。

「はい。赤は粘度が高いので、インクが付着すると洗浄しても取れないんです。インクフローを多めにしないなど、店主が調整させて頂きますが……。あ、インクフローというのは筆記する時に紙へ流れるインクの量の事でして……」

説明を受けるほどに、段々と頭がこんがらがってきた。

「ごめんなさい。頭を冷やして、少し考えます。……ごちそうさま」

グラスの残りを一気に飲み干すと、飲物代を支払う。

「こんな言い方は失礼かもしれないけど、お若いのに物凄く万年筆に詳しいんですね。長くお勤めなんですか？」

博子の言葉に、砂羽がきょとんとした。

「え、バイトに入って一ケ月目ですけど」

今度は博子が驚く番だった。

「調子良く喋ってましたが、実は全部、店主の受け売りなんですよ。まだまだ勉強中で……。知ったかぶりしてるみたいで、恥ずかしいです」

はにかむ表情に、博子は好感を持った。

先に立った砂羽が扉に手をかけ、開けてくれた。

「せっかく色々と説明してくれたのに、何も買わずにごめんなさい」

「とんでもございません。ご予約を頂けましたら、次回はお待たせせずに店主が応対できます。こちらが、お店のカードです」

店名の他に、営業時間と電話番号が書かれた名刺を手渡される。店主は、冬木透馬《とうま》という何とも綺麗な名の持ち主だった。

「『ペンのお医者さん』って言う名前も、ぴったりですね」

「え、そうだったんですか？」

意外な事に、砂羽は「メディコ」がイタリア語で、邦訳すると「医者」となる事を知らなかった。

「……ですよね。確かに、病院みたいなものかもしれません」と、しきりに頷いている。

「またのお越し、お待ちしております」

何となく、またここを訪れそうな予感を胸に、店を後にした。

*

電車に揺られながら、博子は個展の案内ハガキに目を落としていた。

カクテルは、左からグリーン、赤、ブルー。それも一色ではなく、トーンの違う複数の同系色が使用されている。

（僕の中では『黒』という絵の具は存在しないんです。黒に見えますが、ウルトラマリンブルーとバーントシェンナを混ぜて作った色なんですよ）

そう聞かされたせいか、黒に見える色も、何処か青みがかっているような気がする。

アナウンスが、降車駅が近付いた事を告げる。

もう暫く行けば、車窓から博子が勤める新聞社の本社ビルが見えるはずだ。

何気なく外を見ると、物凄い夕焼けが広がっていた。

上空に広がった雲の所々に、炭火のような赤い光が見え隠れしている。川を渡る時、オレンジ色に染まった空が水面に映りこみ、息を呑むほど美しい光景が現れた。写真を撮影している乗客もいる。

黄昏時の気怠い空気が満たされた車内で、博子は思い巡らす。

大学を卒業し、何度かの転職を繰り返すうちに、校正士の資格を取得した。そして、派遣社員として幾つかの仕事を経験した後、運良く今の新聞社に校閲記者として採用された。

校閲とは、単に記事内の文字の間違いを指摘するだけではない。事実関係の誤り、不用意な表現がないかなど、内容に踏み込んで点検するのが仕事だから、「最後の砦」とも呼ばれる。

元々、本が好きだったから、文字に触れる仕事は適職に思えた。だが、担当がスポーツ面中心となってから事情が変わった。スポーツには興味がなかったし、苦手分野だった。中でも競馬は記事に書かれている専門用語の意味も分からなければ、馬柱も読めなかった。

そして、毎週末の競馬面作成は、言い知れぬプレッシャーとの戦いだった。

スポーツ新聞に配属されてからは、寝つきが悪くなった。ようやく眠れたと思っても数時間で目覚めてしまう。降版前には胃がきりきりと痛み、版を降ろした後はトイレに籠る事になる。

大阪駅に到着すると、車内に座っていた乗客達の動きが慌ただしくなった。複数の路線が入っているターミナル駅だからか、乗客の半分は、ここで降りる。

その流れに、博子も呑み込まれる。

地下鉄に乗り換える前に、阪急三番街のＫ書店へと向かった。大阪駅の周辺にある書店の中で、最もフロア面積の広い店舗だ。

小説の資料用に何冊かの本と、四方純の未読の既刊を籠に入れる。書店員の中にファンがいるらしく、棚には熱のこもったＰＯＰが添えられていた。

レジでカバーをかけてもらい、待ちきれずに帰りの地下鉄の中で読む。

席に座って一頁目を開いた途端、物語の世界に引き込まれていった。

知性を持つ猫と、事故で破損した身体を機械化した青年の物語は、何ら大袈裟なエピソードも、安っぽい感動シーンも演出されていない。にもかかわらず、読み進めるうちにじわりと胸が熱くなる。

淡々とした日常生活から垣間見える青年の諦念と、猫との交流から徐々に希望を取り戻す心の動きが、丹念に描かれる前半。だが、猫は寿命を迎えていた。青年は自分同様、体内に機械を埋め込む事を望んだ。だが、「もう、長く生きた」と猫は延命を拒む。

脳からの信号を受け取って、あたかも健常者のように自在に動かせる義手。その手で撫でられながら、うっとりと目を閉じた猫は、やがて静かに命を終わらせる。

非現実的な世界なのに、そこで描かれるのは普遍的な日常だった。

——どうやったら、こんな物語が書けるんだろう……。

あまりに夢中で読んでいたから、危うく乗り過ごすところだった。

ポロリン♪

本をバッグにしまうと同時に、メールの着信音が鳴った。

見ると、文芸サークルで知り合った仲間の一人からだった。彼は「カコヨモ」で十万ＰＶのアクセス数を誇る人気作家で、昨年、犀星堂から本を刊行した。順調に売れているようで、続けてシリーズ二作目が刊行され、今は三作目が「カコヨモ」に掲載中だ。これもいずれは犀星堂から出版されるだろう。そんな訳で、仲間内では彼は「出世頭」と呼ばれていた。もちろん、博子にとっても憧れの対象だった。

「嘘……」

メールボックスを開くと、そこには信じられないような内容が書かれていた。

（僕の担当編集者が、まひろさんに会いたいと言ってます。連絡先を教えていいですか？）

＊

待ち合わせ場所は、大阪駅構内にあるホテルだった。

ＪＲ中央口改札を出ると、大丸梅田《だいまるうめだ》店と向かい合わせに出入口があるので、ここがホテルだという実感が湧かない。その出入口を入ってすぐのところに、エレベーターホールがある。

胸が高鳴るのを抑えながら、約束をした相手を探す。

ショートボブの女性と目が合い、即座に「この人だ」とピンとくる。向こうも同じだったようで「まひろ汀さんですか？」と声をかけてきた。

「初めまして。桂木《かつらぎ》と申します」

スマートな仕草で社名が入った名刺を差し出される。

桂木さんは昨日から三件の打ち合わせを終えていた。本来ならそのまま東京へ戻るところを、その前に博子に会いに来てくれたのだ。

促され、そのまま奥のロビーラウンジへと向かう。

長らく大阪に住んでいて知らなかったのだが、ここのラウンジは出版社と作家の打ち合わせによく利用されるらしい。

注文した飲物が運ばれてくると、会話は軽い雑談から、今日の用件へと切り替わる。

「まひろさんの小説は、以前から拝見しておりました。弊社の『カコヨモ』のユーザーはライトノベル志向が強いので、失礼ながら、まひろさんの投稿はアクセス数ではさほど目立っていません。ですが、内容に光る物を感じました」

「えっと……、どちらの作品でしょうか？」

自分よりかなり年下の女性を相手に、口から心臓が飛び出しそうなほど緊張していた。

「二作目のスイーツ男子と女子高校生の話です」

予想通りとはいえ、かすかに失望した。博子が書きたいのは、一作目のような作品なのだ。だが、いまいち評判が良くなかったので、二作目でガラリと作風を変えてみた。ほんの軽い気持ちで。

「お好きな作家とか、いらっしゃいますか？」

「四方純さんです。ファンになったのが最近の事なので、今は集中的に読んでいて……」

筆歴の長いベテラン作家だから、まだまだ未読の著書が多かった。そう言うと、古参のファンから羨ましがられた。

「あ、それで……」

納得したように、桂木さんが頷く。

「あまりに作風が違うので、ずっと不思議だったんです。ただ、一作目のような小説は今、ニーズがありません」

あまりにきっぱりと言われ、思わず言い返していた。

「でも、四方先生は今でも人気作家ですよね？　だったら、ああいう作風ってウケるんじゃないでしょうか？」

「カコヨモ」から飛び出して、もっと広い世界で売り出してもらえたなら――。だが、桂木さんは容赦なかった。

「四方先生がいらっしゃるから、他の作家は必要ないんです。同じような作風なら、読者は無名の新人ではなく、四方先生の著書をお手に取られます。実際、まひろさんも四方先生の著書だから、お買いになるんですよね？」

何も言い返せなかった。

「まひろさん、お勤めは……」

「新聞社で校閲記者をしています」

「しっかりしたお仕事ですね」と感心されたから、「そうでもないんですよ」と答えていた。

「新聞はどんどん部数を減らしてますし……」

活字の読者が減っているのは、出版社に勤める桂木さんにも理解できるはずだ。

「仮に本が出たとしても、お仕事は続けて下さいね」

桂木さんは、口調を少し強めた。

「多いんです。特に新人賞を受賞した方が、仕事を辞めて専業作家になったものの、本が売れなくて蓄えを取り崩してしまうケースが」

　言われなくたって分かっている。今や作家志望者の間では常識になっている事だ。

　お茶を飲みながら一時間ほど話したが、桂木さんは博子が「カコヨモ」に掲載した一作目には、全く興味がないようだった。

「スイーツ男子の話もあのままだと厳しいので、書き直して頂けませんか？」

　どくんと心臓が跳ねた。

　急に現実味を帯びた話になり、展開の速さに慌てる。

「ただ直すだけではありません。全面改稿だとお考え下さい。あのキャラクターをベースに、別の物語を作るというか……。たとえば、少しミステリっ気を出してみたり、あの二人が最終的に恋愛関係になるとか……。今のままだと、売り方が難しいんです」

　という事は、まだ刊行が確約される訳ではないのだ。

「本になるかどうか分からない。そういう事ですか？」

「今のところは」

　桂木さんはすうっと息を吸い込んだ。

「私は新卒三年目で、実はこれまでは先輩の担当作家の引継ぎをさせて頂いてました。最近になって、ようやく独り立ちできる事になり、気になっていた方に順次、お声をかけて行く予定なんです。まひろさんは、私にとって初めて、自分から連絡を取らせて頂いた方なんです」

それだけに、何とか形にしたいのだと言う。

「つきましては経過報告を兼ねて、百枚ずつ書いて送って頂けますか。刊行は今年度内……。いえ、できれば、年明けの刊行を目指したいと思います。その為には、遅くとも九月の頭には入稿したいんです」

九月の頭？

あと、三ケ月しかないではないか。

三ケ月で物語をバラバラにして、再構築しろというのだ。

「玉稿、お待ちしております」

最後に深々とお辞儀をし、桂木さんは中央口改札の向こうへと消えた。今から新大阪駅へと向かう列車に乗り、新幹線で東京に戻るのだろう。

桂木さんと別れ、そのまま梅田の雑踏の中を歩いていると、じわじわと現実が押し寄せてきた。

「形にしたい」と言ってはいたが、何とも頼りない話だった。第一、博子はあの話に愛着を感じていない。

歩くうち、先ほどの事が全て夢に思えてきた。

乗り換えの待ち時間の間に、桂木さんを紹介してくれた「カコヨモ」仲間に電話する。

『そら、やるべきとちゃう？　俺やったら書くけどな』

「だって三ケ月だよ？　三ケ月で長編を一本書くのよ」

『書けるやろ。元になる原稿があるんやし』

いとも簡単に言われ、言葉に詰まる。

『プロやったら、それぐらい普通やで。毎月のように新作を出してる奴もおるし』

「自分は勤め人だ」という言葉を、ぐっと呑み込む。彼の本職は内科医で、臨床医として働きながら原稿を書いているのだ。

『とりあえず、やってみたらええやん。人生が変わるチャンスかもしれんし』

それだけ言うと、電話は切れた。

「人生が変わるチャンス……か」

何処かで同じような言葉を聞いたな、と思った。

今、お使いの万年筆をお持ち頂けましたら、あなたの人生を変えるお手伝いをいたします――。

＊

「あの、先日、お伺いした者ですが……」

〈メディコ・ペンナ〉に電話をすると、店主の冬木透馬が出た。シュノンソーホワイトもニース・リラも、売れてしまっていた。残念だったが、縁がなかったのだろう。そのまま電話を切ろうとしたら、引き留められた。

『そう言えば、調整をご希望でしたよね？　先日は失礼しました』

驚いた事に、透馬は博子を覚えていた。

『実は新たに入荷したものの中に、気に入ってもらえそうな商品があるんです。お持ちの万年筆を見せて頂きがてら、そちらも御覧になりませんか？』

「……見るだけでも構いませんか？」

『もちろんです。是非、お越し下さい』

退社後、地下鉄ではなく大阪駅へと向かった。ＪＲ神戸線の新快速に乗り、三ノ宮駅に到着したのは午後五時四十五分。まだ、駅前は明るかったが、通勤ラッシュは始まっていた。

先客がいるのか、狭い道を塞ぐように白いライトバンが店の前に止まっていた。

窓からは店主の冬木透馬の白い頭だけが見える。

「いらっしゃいませ」

扉を開けると、透馬ではなく、その向かいに座ったスーツ姿の男性が挨拶してきた。すました顔で「店主は只今、作業中ですので、少しお待ち下さい」と言う。

砂羽の姿はない。

代わりに、店の奥の方で作業着の男性がレンチを手に、何かを分解していた。六角ボルト、丸い砥石、分厚い板や棒状の部品などが床の上に敷かれた新聞紙の上に並んでいる。

そして、透馬はと見ると、紙やすりで一心に手元に置いた何かをこすっている。

透馬が紙やすりで削っていたのは、ペン先だった。元通りに組み立て、スーツの男性に手渡す。

「これで如何ですか?」

男性は試し書きをし、「ＯＫです」と答えた。

そして、「あれ、見せて下さい。左端のトータスシェルブラウン」と、作業台の背後に置かれたショーケースを指さす。

「池谷さん。お客様がお見えですから……」

透馬がちらと博子を見る。

「あ、私なら大丈夫ですよ。ごゆっくり」

「いやぁ、申し訳ないですね。それでは、お言葉に甘えて」

透馬が万年筆をトレイに置くと、池谷さんは自分のバッグからペンケースを取り出し、その中から抜き取った万年筆を一本、その脇に置いた。

よく似た万年筆が二本、トレイに並ぶ。

「僕、オリジナルを持ってるんですよ。だから、復刻版は必要ないって思ってたんですけど、こうやって二つ並べると、より可愛いですね」

興味を惹かれて覗き込むと、透馬が「どうぞ」と椅子を用意してくれた。

「オリジナルは、１０１Nトータスシェルで、こちらが復刻版のトータスシェルブラウン。いずれもドイツのメーカー、ペリカン社のものです」

グレーがかった復刻版に比べて、オリジナルは茶味が強く、形こそ似ているものの、別物といって良いぐらい色味に差がある。

「どちらも素敵ですね」と素直な感想を述べると、「でしょお?」と池谷さんが悩まし気な表情をしてみせた。

「ただ、こういうマーブル模様って、個体差があるんだよなぁ。あんまりコントラストの強い色同士の組み合わせは、好きじゃなくて……」

すかさず店主が口を挟んだ。

「幾つか在庫ありますよ。出しましょうか?」

「それを先に言って下さいよ!」

池谷さんの目の前に、同じ種類の万年筆が新たに二本並んだ。確かに、少しずつ柄の入り方が違った。

池谷さんは、口では「うーん」と唸りながらも、在庫の中から好みの軸を選び出す態勢に入っていた。そして、ようやく目当ての万年筆を選ぶと、ポケットから革の名刺入れを取り出し、博子に手渡した。

「フカミ貿易……」

肩書は営業部・池谷隼人《はやと》。

「万年筆をはじめとした筆記具、ステーショナリー等を取扱っていて、主に国内外の有名ブランドの高級筆記具を、百貨店や専門店などに卸してます」

急に営業マン口調になって話す。そこに、よく響く低い声が割り込んだ。

「おーい、冬木さん。直ったよ」

奥で分解されていた機械が、元通りに組み立てられたようだ。

見ると、先日、轟音を立てていたグラインダーだった。

「削りカスが固まってたわ」

「助かりましたよ。ちょっと前から動きが悪くて……」

スイッチを入れると、グラインダーが動き出した。心なしか、以前より音や振動が少しだけ小さくなっている気がした。

「冬木さん。もしかして、潤滑油を吹き付けたりしてた？」

「実は、これを……」

透馬がスプレーを取り出してきた。

「そんなの使っちゃ駄目ですよ。シリコンスプレーは粉が固まって逆効果だから。何かあったら、またいつでも呼んで」

男性の声は耳に心地良い低音だった。

「ミキさん、一緒に飯を食いに行きましょうよ」

慌てて帰り支度を始める池谷さん。

「悪いね、池ちゃん。今日は付き合えない。そいじゃ」

てきぱきと工具をしまうと、ミキさんと呼ばれた作業着姿の男性は出て行った。出がけに博子に会釈して。

「忙しない人だ。全く……」

「ミキさんは忙しいんですよ。池谷さんと違って」

「あぁ、傷つくなぁ、その言い方。……にしても、いつ見ても不親切なディスプレイですねぇ。普通、もっと見やすい場所にショーケースを置きませんか？　ところで、他にヴィンテージのペリカン、何か入ってます？」

「螺鈿《らでん》のがあったんだけど、売れちゃいました。Ｍ１０００緑光」

池谷さんが髪をかきむしった。

「ああああぁ、何で声をかけてくれなかったんですか？」

「……入ってすぐに出ちゃったもんで、次は連絡します。……あのぅ、お待ちのお客様もいらっしゃるので、そろそろ……」

博子を気遣ってか、店主は再び池谷さんを急かした。

「すみませんね。お客様を差し置いてしまって……。それじゃ、また」

池谷さんは万年筆を納めた紙バッグを手に、軽やかな足取りで、店を出て行った。

「すっかりお待たせしてしまって。コーヒーを召し上がりますか？」

「いえ、まずは万年筆を見せて下さい」

せっかくの申し出だったが、胃がしくしくしていた。

「では、すぐに御覧頂きたい品物をお出しします」

試筆用の紙を準備した後、トレイに万年筆を選んで行く。

「こちらは先程、池谷さんが見てらしたのと同じペリカンの商品で、スーベレーンM400でございます」

赤い縞軸の万年筆が示された。

「スーベレーンの代名詞と言えば緑色の縞軸ですが、橋口様にはこちらが相応しいように思いました。そして、こちらもペリカン社です」

美しいダークレッドとモザイクのような縞模様の万年筆を取り上げる。何処となくレトロな雰囲気がする。

「トータスシェルレッドといいます。実は、こちらは中古品となります。ですが、試し書き程度の美品です。そして、その横に並んでいるのは、同じくドイツのラミー社、サファリの赤です」

「あの……」

トレイに並んだ万年筆を前に、博子は戸惑っていた。

「今日、選ばれたのは赤い万年筆ばかりですよね？」

「校閲のお仕事をされてるんですよね。お使いになるのは赤いインクでしょうから、そちらに合わせて選ばせて頂きました」

「え？」

——何で、私が校閲記者だって分かるの？

不思議に思っていると、以前、訪れた時に博子が試し書きした紙が取り出された。

「数字の０《ゼロ》は、英字のＯ《オー》と区別する目的で、中に斜線を引くのですよね？　そして、こちらは一字下げ。階段状の記号は改行。どれも、校正記号です。うちのバイトは気付かずに、白い万年筆を勧めてしまったみたいで……。失礼しました」

はっと口元を押さえていた。

「つ、つい、習慣で……。あ、いえ、私、仕事を忘れたくて、せめて……プライベートでは自分の気に入った道具を使って、書き物をしようって考えてたんです。だから、あのバイトの人は何も悪くないです」

「お仕事でお使いになるんじゃないんですか？」

意外そうな顔をされ、博子は口を歪めた。

「私の仕事に使うのなんて、安い万年筆で十分です。あんな仕事」

思いのほか、強い口調になっていた。

「すみません。仕事に行き詰まりを感じていて、つい……」

「いや。構いませんよ。私で良ければ、お話し下さい」

黒目がちな目が、博子を見ていた。

その目を見るうち、ぽつりぽつりと話していた。

「校正や校閲の仕事って地味なんですよ。その割りには責任が大きく、間違いがなくて当たり前と思われてしまう……」

言葉が次々と溢れ出てきた。会社の同僚はもちろん、家族や友人にも話した事がない仕事の悩みが——。

「周りからは『大きな会社で働けて、恵まれてる』って思われていて、だから、こんな事、誰にも言えないんです。やりがいがないとか、感謝されなくて虚しいなんて。私……、私は別に校閲のプロになりたい訳じゃないんです。たまたま資格を持っていただけで……。それに、校閲の仕事って十年やってもベテランとは言えなくて、だから、余程の事がない限り、異動はないんです。つまり、私はずっと校閲記者のまま……。気が付いたら十年経ってました。このまま定年まで働けばいいって思われそうですが、新聞は部数を減らしてます。で、最近は肩たたきされてるんです……。今、ほとんどの校正者は非正規で雇われていて、もし、今の会社を辞めてしまったら、次はもうバイトでしか雇用してもらえません……。私の十年って、何だったんでしょう?」

今の仕事が嫌だと言った口で、辞めるのは不安だと言う。

我ながら矛盾していると思った。

「本当にすみません。こんなとっちらかった話……。要は、自分でもどうしたらいいか、分からないんです」

急に恥ずかしくなって俯くと、店主の声がした。

「今、お仕事でお使いの万年筆を、お持ちですか?」

バッグをまさぐり、ペンケースに入れたプレピーを取り出す。

「太さは三種類、極細、細字、中字と全て揃えておいでですね。使い分けてらっしゃるんですか?」

「一番細いのは、文字と文字の間や行間に引き出し線を引くのに使います。一番太い中字は文字列を消すのに便利で……」

博子の言葉を聞きながら、店主はルーペでペン先を見ている。

人生を変える手伝いをしてくれると言うから、占いのように生年月日など聞くのかと思ったが、そうではないようだ。

「相当、使い込まれていますね」

順に三本のペン先を見た後、店主はおもむろに言った。

「それはもう、毎日、仕事で使っていますから」

腱鞘炎を起こしたのが昨年の、暖かくなり始めた頃だった。あれから一年が経つのかと、ぼんやりと考えていた。

「これは調整の必要はありません」

「必要がない？」

「お客様の万年筆を調整して、初めから書きやすく調整している私が言うのも申し訳ないのですが……。万年筆は使い続けているうちに、オーナー様の書きやすいように育ってゆくものなんです」

ただ、その為には膨大な時間がかかるのだとか。

「もちろん、初期の不具合があれば、直させて頂きますよ。ただ、万年筆専門店であれば、店頭に並べる前に検品いたします。ですから、そのままお使いになっても何ら支障はなく、だいたい使い続けて二年ぐらいで、書き味が劇的に良くなるんです。書く事をお仕事にされてる方であれば、もっと早いと思います」

「あの……。実は使い始めて一年なんです」

「幸せなペンです」

店主は満足そうに頷いた。

「このペンが物語っています。橋口様がやっていらっしゃる事は、決して無駄じゃありません。それに、世の中には無駄なものや、不要なものなんてないんです」

何処かから、さ――――っと音がした。

雨が降っているようだが、いつの間にか日が暮れていて、窓の外は暗い。

「うちのお客様の中には、作家さんもおいでです」

はっとした。

「今は作家さんもパソコンで小説をお書きになります。それでも、修正をする際には印字したデータに、手書きで赤を入れてゆくと仰っています。その際にボールペンは疲れるからと、万年筆を所望される方もいらっしゃいます」

心臓が高鳴る。

店主には「仕事で使っている」と伝えたが、博子はこの一年、会社だけでなく自宅でもプレピーを使って、自作の小説の修正を行っていた。

始まりは、人が書いた原稿に赤を入れる日々に倦み、風に吹かれた落ち葉が吹き溜まりに辿り着くように、「カコヨモ」と出会った時だった。

子供の頃から本が友達で、小学校の卒業文集には「将来は小説家になりたい」と夢を綴り、学生時代は何かしら書いていた。それが、社会人になってからはすっかり創作から遠のいていた。

「カコヨモ」に作品を投稿すると同時に、文芸サークルの同人誌即売会にも参加するようになった。そこで知り合った仲間とお互いの作品の感想を言い合ったり、手持ちの本を貸し借りしたり。そんなやり取りから、これまで知らなかった作家や作品を教えてもらい、四方純の小説とも出会った。

文芸サークルには、様々な人がいた。

博子と同じようにお勤めをしている人や、子育て中の主婦。かと思えば、現役の医師や弁護士、高校の数学科教員といった有資格者もいる。他にもコメディアンや役者、何故か航空管制官までいて、これまで自分の周りにはいなかったタイプや、別の世界の住人だと考えていた人達が、趣味を共にする仲間となった。何より彼らと過ごす時間は刺激的で、今までに感じた事のない充足感や楽しさがあった。

そんな、趣味の延長で書いていた小説が、仕事になるかもしれない。

軌道に乗れば、校閲の仕事を脱出して、好きな事を仕事にできるのだ。

それなのに、躊躇っている。

自分は恐れているのだろうか？

何を？

それは、繋がりかけた希望が、途切れてしまうのではないかという恐れだ。

せっかく注文された原稿を書けなかったり、或いは完成させたものの気に入ってもらえなかったり、別の事情で本にならない可能性だってある。その時に、傷つく事を恐れているのだ。

だけど、最初から挑戦せずにいれば、傷つかなくても済む――。

（私はなんてずるくて、卑怯なんだろう……）

顔を上げると、梟にも似た顔が目に入った。

何もかも見透かすような目は、博子の生活や、桂木さんと交わした会話まで見抜いていそうに思えた。

「どうかされましたか？」

何かを言って欲しかった。

博子が行くべき道を示すような言葉を。ここは人生を変えてくれる店ではないのか？

「万年筆は人生を変えてくれるんですよね？」

「そうですね。あなたなら変えられるでしょう」

透馬は力強く頷いた。

首を傾げていると、「もう、あなたには分かっているはずだから」と、三本のプレピーを博子の方に返して寄越す。

「店主さんも、万年筆で人生が変わりましたか？」

「そうですね。未だにこうしてここに座って、万年筆を扱う仕事をしているのですから」

「……最初の一本は、どんな万年筆だったのでしょうか？」

「私のですか？　中学生になった時に買ってもらった、学習雑誌の付録だったと思います」

意外な言葉に、ぽかんとしてしまった。

「とっかかりはそんなものですよ」

店主はインク瓶の蓋を開け、トレイに並んだ万年筆に順にインクを浸けてゆく。それを一本ずつ試させてもらう。

「万年筆によって、随分と感触が違うんですね」

「まず、サファリは鉄ペンになります。子供用として発売された為、持ち手に窪みがあり、正しい持ち方を覚える事ができます。入門編にはぴったりかと。一方、スーベレーンは金ペンで、書き味は鉄より柔らかです。あ、参考までに、あれも見てもらいましょうか……」

陳列棚のガラス戸を開き、中から取り出した一本をトレイの上に追加する。

「……なんて綺麗な色」

息を呑んでいた。

「イタリアのメーカー、アウロラのオプティマです。色はバーガンディになります」

ルビー色に輝く軸に、シルバーの金具が華やかだった。

「きっと高いんですよね」

触《ふ》れる勇気もなく、溜め息をついた。

「何をもって高いと言うか、それは人それぞれですね。高額な万年筆であっても、毎日、お使いになられたら、結果的には安い買物になりますから……。ただ、初期費用という事でしたら、安くはないです」

店主はオプティマを手に取り、インクを含ませた。そして、博子の方に尻軸を向けて置いた。

恐る恐る手に取り、ペン先を紙に置く。

大して力を入れていないのにインクが紙に乗る。まさに、インクが自然に溢れ出すという言葉がふさわしい書き味だ。

　このペンから、赤いインクが流れ出す様を想像する。きっと、血を流しているような耽美な情景だろう。

「赤い万年筆がお好みでしたら、色々ございますよ。今、当店に在庫はないんですが……」

　店主は振り返り、背後の棚からカタログらしき物を抜き取った。

「これなんか素敵でしょう？」

　店主が指で示したのは、ボルドーとベージュのマーブル模様の万年筆だった。

　声が出なかった。

　だが、目は吸い寄せられるように、その万年筆の写真から引きはがせない。

「こちらのオプティマと同じく、アウロラから発売された限定品、オセアニアです」

　定番のオプティマはペン先が14金なのに対し、オセアニアは18金が採用されていると言う。

「アウロラは一九一九年、トリノで創業したイタリアを代表する筆記具メーカーです。『メイド・イン・イタリー』にこだわり、ペン先の加工からボディの組み立てまで、自社工場で一貫生産されています。一九三〇年代のセルロイドを再現した素材、アウロロイドという特製アウロラ樹脂を使用したボディは華やかですが、ただ派手なだけではなく、上品さや知性も兼ね備えていると私は思います」

　オセアニアは「大陸シリーズ」と呼ばれる限定品で、オプティマをベースに独創的なマーブル模様や細部の装飾にこだわった商品だと言う。

「オセアニアは、大陸シリーズの五番目の商品として、二〇一四年に発売されました。古い順から、アフリカ、エイシア、エウロパ、アメリカ……。そして、最後がオセアニアです」

　天然石が嵌め込まれた天冠や、シリアルナンバーの刻印、彫金が施されたキャップリングなど、店主は丁寧に説明してくれた。

「今日はありがとうございます。良いものを見せて頂きました。でも、今の私には、まだ……」

　言葉が尻すぼみになり、消えた。

　――いつか、この万年筆で何か書いてみたい。そして、誰かに読んでもらいたい。私が書いたものを。

　だが、自分はまだ「作家だ」と名乗れる身ではない。

「でも、いつか……、いつか、こういった万年筆を持てるような自分になりたい」

その為に、まずは桂木さんから頼まれた原稿を書き上げ、原稿料なり印税を勝ち取らなければならない。

「ところで……。僕、コーヒー飲みますけど、良かったら如何ですか？」

不思議な事に、胃の不快感はなくなっていた。

「あ、私もいただきます」

バックヤードに下がる店主を見ながら、博子は卓上に置かれたままの万年筆と、広げられたカタログに目をやる。

欲しいものは、もう決まっていた。

雨は止む気配もなく、神戸の街を白く包んでいた。

第三話　不揃いなコレクション

七月

〈メディコ・ペンナ〉でバイトを始めてから二ケ月になろうとしていた。

野並砂羽のシフトは週末を中心に組まれていて、予約客が殺到する土曜日と日曜日は開店前に入り、閉店作業まで行う。

朝からバイトに入る日は、オープンの三十分前には到着し、まずは店内の清掃だ。アンティークの什器類の埃を払い、固く絞った布で拭きあげ、ニスが塗り重ねられた飴色の家具やショーケースのガラスをぴかぴかに磨く。そして、ＤＭの整理にメールの返信、最近になって砂羽が植えたカモミールの水やりと、やる事は山ほどある。

土曜日の午前十時過ぎ。

　砂羽は合鍵を取り出すと、それを鍵穴に差し込んだ。重い木の扉をぐいっと押し上げるようにして鍵を回すと錠が開く。今でこそコツを摑んだが、初日はどうしても開けられず、店主の透馬に中から開けてもらうという体たらくだった。

　実は、透馬は店舗の二階で生活している。だから、本当ならバイトに合鍵を預けるといった物騒な真似をしなくてもいいはずが、持ち込まれた万年筆の調整や修理を徹夜でした挙句、朝方にベッドに入るという生活ぶりだから、少しでも長く寝ていたい。そんな訳で、砂羽が外から開錠して営業の準備をしているのだ。

　それが、今朝は様子が違った。

　透馬は暗い店内の隅に置かれた書斎机——接客と作業台を兼ねるテーブル——に向かい、橙色のランプひとつ灯した状態で座っていた。

　ぼんやりとした顔で、一点を見つめている。

「店長……。大丈夫ですか？」

　朝の挨拶もそこそこに声をかけると、透馬はゆっくりと砂羽の方へと顔を動かし、目をしょぼしょぼさせた。

　それは、たった今、寝床から這い出てきたというよりは、昨夜からずっとテーブルに向かっていたという体《てい》だった。

「あぁ、阿部さんか……。おはよう」

全く与り知らない名前で呼ばれ、ぎょっとする。

「しっかりして下さい。私です。野並です。野並砂羽です」

「もう、そんな時間か……」

「一体、どうしたんですか?」

砂羽が覗き込むと、机には大量の万年筆ケースと折り畳んだ紙バッグが置かれ、山をなしていた。その数が尋常でない上、さらに足元にまで大量の紙バッグが溢れている。茶色いクラフト紙にまじって、モロゾフやアンリ・シャルパンティエのロゴが見え隠れしていて、いずれも万年筆ケースがぎっしりと詰まっている。

「昨日、閉店間際に持ち込まれてね……」

「え、これ全部、委託品なんですか?」

ざっと数えただけでも、百は下らない数だ。

「参ったよ。女性のオーナーなんだけど、どうしてもすぐに引き取ってくれって聞かなくて……」

〈メディコ・ペンナ〉では新品の販売の他に、中古の万年筆の売買も手掛けている。それらは委託品専用のショーケースに並べられ、常連のマニア達が店に入ってきた時に真っ先にチェックする、人気コーナーとなっている。

　委託品は名前の通り、客から持ち込まれた中古の万年筆を預かって店頭で売買し、売れた場合には手数料を引いて、持ち込んだ客に売り上げを渡す。値段設定は客の希望を聞きながら、使用頻度や傷の有無、希少性といった諸々に鑑みて、透馬が決めている。

　中古とは言っても、中には使った形跡のない新古品、過去の限定品や廃番になった商品も出るから、購入時の価格より高騰する事もあった。

　委託品が持ち込まれる理由は、「新しい万年筆を買う資金を作りたい」とか、遺品整理など様々だ。透馬が出張する事もあれば、宅配便で送られてくる事もある。

　件の女性は車に積み込んで、自分で持ち込んだらしい。

「凄い数ですね……。もしかして廃業した文房具店さんとか……」

　古くから営業している文房具店には、デッドストックが保管されていて、今さらメーカーに返品もできないので、引き取ってもらえないかと頼まれる事があった。

「それとも、常連さんの何方《どなた》かがお亡くなりになったんですか？」

　コレクターが逝った後には、膨大な数の万年筆が残される。マニアにとってはお宝でも、遺族は全く思い入れがないから、簡単に散逸してしまう。

「それが、よく分からないんだ」

透馬は気だるげに欠伸をした。

「じゃあ、何か相談事があった訳でもないんですね」

〈メディコ・ペンナ〉は万年筆の売買や修理を承るだけでなく、同時に持ち主が抱える悩みも一緒に解決してくれる店で知られている。

要するに、万年筆を間に挟んで話すうちに、透馬が無意識にカウンセラーの役割をしている訳なのだが、透馬は謙遜して「万年筆は人生を変える」と謳っているのだ。

「何か事情がありそうだったけど、お客様が何も言わない以上、こちらも踏み込めないしね。とにかく数が多過ぎて、その場で査定できなかったから、少し時間をもらったんだよ」

そして、検品しているうちに、ここで夜を明かしてしまったらしい。

「うっかり、途中で転寝してしまって……。預かった万年筆を壊さなくて良かったよ」

慎重な手つきで、検品した万年筆の一つを取り上げる。

「どれも状態が良いから、店に出すとすぐに捌けてしまうかもね」

そう言いながら、透馬は箱をモロゾフの紙バッグへと戻す。

「これだけのコレクションを、一度にお売りになるんですね。お好きで集めたでしょうに……。一体、何があったんでしょう」

「熱心なコレクターが、何かのきっかけで、憑き物が落ちたように興味を失うって事、あるんだよ」

そういう例を、透馬はこれまで何度も目にしてきたのだろう。

「私、コレクターは男性ってイメージありますけど、女性にも熱心な方がいらっしゃるんですね」

「うん……。台湾には、熱心なモンブランコレクターの女性だっているし」

そして、咳払いすると、急に真面目な顔をした。

「さ、お喋りはこのぐらいにして、仕事、仕事」

透馬の一言で、砂羽は慌てて表に立て看板を運び出す。

「机の周りは自分で片付けるから……。先に空気を入れ替えようか……」

そして、風を入れる為に窓を上下に動かし、鎧戸を開けた。

暗い店内に朝の光が差し込んでくる。

砂羽が床の埃を箒で集めている間に、透馬は委託品の万年筆を全てバックヤードに片付ける。続いてうがいをする音が聞こえてきて、暫くすると辺りには焼けたパンの良い香りが漂い始めていた。

「砂羽ちゃん。今日の予定って、どうなってたっけ？」

パンを咥えたまま、透馬がひょっこりと顔を覗かせる。

ノートを開き、予約状況を調べる。

「十一時半に調整の予約が入っています。その後は、十三時から十七時までびっちり……」

土曜日の今日は、〈メディコ・ペンナ〉が一週間のうちで最も忙しい日だ。

万年筆の調整や修理の依頼が、土曜日をめがけて持ち込まれるのだ。顧客は新聞記者や大学教授、作家、常連の万年筆愛好家達だ。

「いらっしゃいませ」

お昼過ぎ、一人の男性がふらっと入ってきた。見覚えがないから、通りがかりの客だろう。

男性は透馬が座る書斎机の背後や、アンティーク家具を利用したケースに並んだ商品をざっと見ると、奥のテーブルに腰を下ろした。そして、「コーヒーを」と言った。

飲物を運んだ後、「何か御覧になりますか？」と聞いたが無視された。

路地の奥まった場所にあるゆえ、滅多に一見の客は来ないのだが、ごくたまにカフェやレストランと間違えて入ってくる客もいる。実際、ゆっくり万年筆を吟味できるように、有料でコーヒーも出していた。だから、男性がここをカフェだと勘違いした可能性はあった。

そうしているうちに、万年筆の調整を予約していた客が訪れ、それ以外にも振りの客が来店し、試筆を所望するなどしたから忙しくなってきた。

小さな店は、客が五人も入れば窮屈になる。

そんな中、男性は空になったコーヒーカップを前に、テーブルから動かない。彼が居座っているせいで、試筆を希望する客をテーブルに案内できない。

「声、かけてきましょうか？」

そう、透馬に囁《ささや》くが「そのままにしておいてあげて」と言う。

もしかしたら馴染みの客かと思い、砂羽も男性を視界に入れないようにするが、やっぱり気になる。

地味な背広を着て、黒いビジネスバッグを持っているから、どこかの営業マンなのだろうか？　それにしては、透馬の態度も解せない。

コーヒー一杯で二時間ばかり粘った後、男性はついに立ち上がった。そして、コーヒー代を払うと、訪れた時と同じ唐突さで店を出て行った。

*

キャリアセンター（就職課）での面談を終えた砂羽は、涼し気な滝が作られたビオトープを横目に、涼しい場所を求めてキャンパスを歩いていた。

今、キャリアセンターに集まっている学生は、その大半が下級生達だ。砂羽は結局、六月中に内定をもらえず、就活も休んでいた。秋になれば、幾つかの追加募集があると聞いていたが、募集している人数は少なく、ハナから諦めていた。

応対してくれたスタッフからは、「中小企業を狙うのなら、ハローワークで探す方法もある」と言われ、匙を投げられた気がした。

――だったら、何の為のキャリアセンターなのよ！

段々と腹が立ってきた。

「さーわーちゃーん」

振り返ると、黒いリクルートスーツを着た美海が駆け寄ってくるところだった。

砂羽と同じように就活で苦労していたが、「あなたの人生が変わります」の言葉につられて、砂羽と一緒に〈メディコ・ペンナ〉を訪れたところ、その直後に大手家電販売会社から内定を取ったのだった。

リクルートスーツを着ているという事は、今日は研修か何かだったのか。思わず「いいなぁ」と呟いていた。

その言葉に、砂羽の就職先が決まっていないのを思い出したようだ。

「何か、ごめん。謝るんも変やけど……」

「気にしないで」と言うかわりに、顔の前で両手を振った。

別に、家電販売会社で働きたいとは思っていないし、それどころか企業で働きたいのかどうかも分からない。ただ、居場所を確保した人達が羨ましいだけなのだ。

「バイト続いとん？　例の万年筆店の……」

「うん……」

「そのまま、あの店で本格的に働くん？」

「分かんない」

「そっか、第二新卒ってゆう方法もあるしな」

第二新卒。

それは、一旦新卒で就職したものの、何らかの事情で退職し、再び就職活動をする者の呼び名だ。

——就職が決まらないまま、第二新卒かぁ……。

きっと、面接では「何故、就職しなかったのか？」と聞かれるに違いない。しなかったのではない。できなかったのだ。そんな人間を、企業は欲しがるだろうか？

黙り込んでしまった砂羽の気持ちを察してか、美海は話題を変えた。

「実は、また『よろず相談』に行きたいねん。今日はシフトに入っとう？」

店の正式な名前は〈メディコ・ペンナ〉だが、美海は「よろず相談」と呼んでいた。

「あー、今日は定休日」

「ええぇー、残念やなぁ」

「万年筆だったら、三宮センター街のJ書店に入ってる、N文具センターで買えるよ」

「やなくて、妖精さんに会いたいねん。相談」

美海は「妖精さん」という呼び名を気に入っているようだ。

「店長だって忙しいんだから、そんなに何でもかんでも相談しちゃ駄目だよ」

就職が決まっただけでも恵まれているのに、その上に何を望むのか？　じわりと嫉妬の感情が滲み出してきた。

「んー。恋愛運上げたいねん。あかん？」

「このあいだそう言って、ピンクの万年筆を買ったよね？」

「うん。それはそうやねんけど」

美海はバッグに手を入れ、がさがさとかき回したかと思うと、革のペンシースを取り出す。シースとは「刀の鞘」という意味で、蓋のないペンケースの名称だ。〈メディコ・ペンナ〉の人気商品で、カラフルな革素材のペンシースを、色違いで取り揃えている。

美海が選んだのは白のペンシースで、そこに淡いピンクのボディにピンクゴールドの金属パーツも華やかな万年筆が差し込まれている。プラチナ万年筆の製品で、ニース・リラと名付けられたペンだ。

この万年筆を以前、店を訪れた女性に勧めた事があったのだが、気に入ってもらえなかったようで、購入には至らなかった。代わりに、「就活の次は恋愛運を高めたい」と言った美海に、透馬が見立てたのだった。

「まだそのご利益はないんだ。残念だね」

「そやから妖精さんに頼むんやん。もっと恋愛運上げて欲しいって。やっぱりインクもピンクにした方がええんやろか？」

「一言でピンクって言ってもたくさんあるよ。今日はN文具センターで下見だけでもしておけば？」

日本の主要万年筆メーカーだけでも三社あり、それぞれが数十種類のインクを発売している。そこに加えて、文具店がオリジナルインクを発売していたり、最近ではインクのブレンドまで行う店もある。海外のメーカーも合わせたら、膨大な数になる。

価格も様々で、〈メディコ・ペンナ〉で取り扱っているものに関しては、ボトルインクは安いもので四百四十円、最も高いカランダッシュが、その十倍はする。

　そして、基本的なブルー一色とっても、メーカーで微妙にトーンや明度、彩度が違う。ピンクとなればオレンジに近いものから、青みがかったものまで、際限なく広がる。

「いきなり色見本だけ見ても決められないと思うから、だいたいの目星をつけておいたら？　鮮やかなピンクもあれば、アンティーク調のくすんだのもあるし、ワインレッドに近い色も素敵だよ。店長だって、何でもいいからって言われたら悩んじゃうよ」

「それもそうやな。……あ、三宮センター街に行くんやったら、前から気になっとう店があんねん。ベトナム料理。どう？」

　在日ベトナム人も通う店で、本格的な料理が食べられると言う。

「賛成！」

「よっしゃ。行こ、行こ」

　右に左にと揺れるスクールバスの吊り革に摑まり、山道の急な坂を下りる。

　最寄り駅から各停で三駅、快速なら直通で三ノ宮駅に到着する。

　フラワーロードから三宮センター街に入ってすぐ、さんプラザの地下に目当ての店はあった。

店内にはランタンが吊り下げられ、そこかしこでベトナム語が飛び交い、アオザイを着た女性が料理を載せた盆を手にフロアを突っ切る。

二人は揚げ春巻きと生春巻き、煮物と鶏肉のフォー、ごはんがついたセットを注文する。

「意外とあっさりしてる」

「なんぼでも食べられるやろ？」

パクチーは癖のある匂いがしたが、小さな玉子焼きは優しい味だ。

お腹一杯になって店を出ると、アーケードの中を西へと進む。

三宮センター街には、皮革の町・神戸に相応しいバッグや靴の店が軒を並べ、人気のプチプライスの洋服店や雑貨店に混じって、小さな古書店まである。

やがて、いくたロードの手前にさしかかると、左側にJ書店の間口の広い店舗が見えてくる。

上階へはエレベーターで向かう。

建物の三階・N文具センターにガラス張りの一角があり、万年筆売り場となっている。

ファンシーなレターセットやカラフルなペン、カードが置かれている周囲と違って、黒を基調にまとめられた内装は、そこだけ書斎のような空間になっている。

各種メーカーのインクとは別に、オリジナルインクが用意されていた。神戸の景色をテーマにしていて、「六甲グリーン」や「旧居留地セピア」など、色の名前の前に地名を冠している。

インクを見せて欲しいと言うと、黒いスーツを着た女性が色見本を持ってきてくれた。

「わぁ、どうしよう。選ばれへん！」

美海が大袈裟に騒ぐと、万年筆を試筆中だった年配の男性が咳払いをした。代わりに砂羽が「すみません」と謝った時、その向こう側に立つ人物に気付いた。

「あ……」

壁に沿って巡らされたショーケースを覗き込んでいる男性。それは先日、〈メディコ・ペンナ〉に来て、コーヒーだけで長居していた人物だった。

今日も背広を着ていて、このあいだと同様に営業マンが持っているような黒いビジネスバッグを提げていた。仕事の途中なのだろうか？

美海の傍を離れ、商品を物色するような振りをして、男性の傍へと近づく。男性が見ているのはヴィンテージのコーナーで、今では製造されていないセルロイド製のペリカンや、何年か前に倒産してしまったデルタのドルチェビータ、古いモデルのパーカーなどが並んでいる。

「ふうっ」という溜め息が聞こえた。

――何か探している万年筆でもあるのかなぁ？

気になるのは、男性に覇気がない事だった。

〈メディコ・ペンナ〉を訪れるマニア達は他の事はともかく、万年筆の話になると饒舌で、万年筆に囲まれているのが嬉しくてたまらない人達ばかりだった。

――それとも、何か悩みがあって、あの日は店長に相談にきたんだろうか？

男性が訪れたのは土曜日で、透馬は予約客の応対で手一杯だった。だから、諦めて帰ったのかもしれない。

もう一度、男性を観察する。

表情は疲れて見えるが、身なりは清潔だった。上着やズボンに皺はないし、シャツにもアイロンがかかっている。自分で身の回りの世話ができるか、面倒を見てくれる家族がいるのだろう。

*

「店長、N文具センターで、あの人を見かけました」

「あの人って？」

「ほら。土曜日のお昼に来て、コーヒーだけで粘っていた男性です……」

いつしか、砂羽は彼を「コーヒーの男」と呼んでいた。

透馬が眉をひそめた。

「砂羽ちゃん。お客さんに対して、余計な詮索をしちゃ駄目だよ」

そして、万年筆を弄り出した。

「あ、いらっしゃいませ」

予約客が来るには早いと思ったら、池谷さんだった。フカミ貿易の営業マンで、仕事で訪れたはずが、挨拶もそこそこに委託品コーナーを覗き込む。

ちょうど透馬が座っている場所の後ろにあるから、委託品コーナーを見る時は、その肩越しに見る事になる。

「あ、フルハルターの森山さんが調整したペリカンがあるじゃないですか。こんな隅っこに隠すように置いて……。あぁっ！　セーラーの創業八十周年記念ブライヤーまでっ！　それも色が濃いのと薄いのと両方！　これ、皆が血眼になって探してる逸品ですよ。ちょっとぉー！　冬木さん！　聞こえない振りしないで下さ——い」

外にまで聞こえそうな大声を張り上げるから、さすがの透馬も作業の手を止めて、渋々といった様子で立ち上がる。

　そして、ショーケースからご所望の木軸の万年筆を取り出した。

「あるコレクターがお亡くなりになりまして、ご遺族が出されたんです」

「人気があるのは色の薄い方だけど、あぁ、木目の出具合がいいのはこっちかな……。でも、これを逃すと一生、手に入らないかもしれない。冬木さん……」

　縋るような目の池谷さんに、透馬はふうっと溜め息をついた。

「分かりましたよ。非売品の札をつけときますから」

「いや、その必要ありません。今すぐ持って帰ります！　二つとも！」

「それは困ります。滅多に出ない品なんですから、御覧になりたい方だっているでしょう」

「またっ！　手に入れた自慢の品を見せびらかしたいんですよね？」

　思わず、笑ってしまった。

　確かに透馬には子供っぽい一面があり、客が物欲しそうにしたり、羨ましがるのを楽しんでいるようなところがあった。

「酷い人だ。こんなの見たら皆、欲しくなるに決まってる。値段を吊り上げる輩まで出てきますよ。こういう事もあろうかと、財布にたんまりと現金を入れてきたんです」

「全くもう」と言いながら、透馬はバックヤードに保管した箱と保証書を取りに行く。

「では……頼んでたものを」

商品を包み終え、お会計が済んだところで、今度は透馬が催促するように手を出した。

「あぁ、そうでした。我を忘れて、危うくそのまま持ち帰るところでしたよ」

ビジネスバッグとは別に持っていた紙バッグを、書斎机の上に置く。バッグは白とグリーンのツートンカラーで、「ＦＵＫＡＭＩ」と印刷されたギフト袋だ。

池谷さんが取り出した箱には、エアーズロックを背景に、ペンを配置した写真が使われている。

そして、アウロラのロゴ。

アウロラはイタリア最古の万年筆メーカーで、別格とも言えるほど美しい万年筆が作られている。もちろん〈メディコ・ペンナ〉でも取り扱っていて、特に限定品と呼ばれる、本数を絞って発売される商品は人気が高い。

動悸を抑えながら眺めていると、箱の中から木箱が現れた。定番商品の包装に比べると随分と豪華だ。

掃除をするふりをしてちらちら見ているのに気付いたか、透馬が「見ていいよ」と呼んでくれた。大喜びで、はたきを手にしたまま駆け寄る。

覗き込むなり、砂羽は息を呑んでいた。

ルビーとパールを混ぜ合わせたかのような軸は、文具というよりは、コスチュームジュエリーと呼ぶのが相応しい艶やかさだ。大胆だけど、下品じゃない。とにかく、これまで砂羽が目にした事もないような、美しい万年筆だった。

見てはいけない物を見てしまった。

欲しい——。

咄嗟《とっさ》に目を逸らそうとしたが、逆らえなかった。

「もしかして、欲しくなった？」と、池谷さんが聞いてきたから、慌てて首を振った。

「こ、こんな高そうな万年筆、わ、私にはとても……」

値段を聞くのすら恐ろしかった。

「高い？　諭吉さんが十枚と少しで買えるよ。そろそろ給料日じゃなかったっけ？　これも発売されてから五年以上は経ってるから、市場でも品薄になってる。見つけた時に買っておかないと……。分割でもいいよ。相談に乗るから」

そそのかすように、池谷さんは言う。

「助かりましたよ。池谷さん。これなら気に入って頂けるでしょう」

どうやら、誰かに頼まれて取り寄せたらしい。

一体、誰だろう？

こんな素敵な万年筆を所望するという人は。

「しかし、こういうの、女性は好きですよねぇ」と、池谷さんが言った。

という事は女性客なのだ。

詮索してはいけないと思いつつ、誰だか気になった。

「オセアニアの軸を、苺ミルクみたいと表現した人がいたんですけど、僕は生ハムか豚コマに見えるんだなぁ……」

「あんまりだ」と思ったら、透馬がフォローした。

「日本人にはない感覚というか、こういう濃厚な色気を感じさせるペンって、国産品には見られない」

砂羽は大きく頷いた。

国産万年筆の不満はそこで、使い心地や機能では負けないのに、ヴィジュアル面が弱い気がするのだ。もちろん、漆《うるし》を塗ったものや陶器製の万年筆もあるにはあるが、それらはどちらかと言うとマニア向けというか渋好みで、砂羽のような万年筆に詳しくない女性が、一目でハートを鷲掴みにされるような分かりやすさはなかった。

その時、表に人の気配がした。

――あの人だ。

例の、「コーヒーの男」だ。

店に入ってきて、そのままふらふらっと奥のテーブルに向かうと、前回と同様に「コーヒーを」と注文した。

「僕は同じアウロラの大陸シリーズだったら、エウロパがいいですね」

「あぁ、あのアメリカンショートヘアみたいな万年筆」と透馬が言うのに、池谷さんが「アメショーですか？」と笑う。

「エウロパはグレイのボディにシルバーの金属パーツの組み合わせがすっきりしていて、上品ですよね。天冠がブルークリスタルなのがチャームポイントで」

透馬と池谷さんの会話を聞きながら、コーヒーの準備をする。出来上がったコーヒーを盆に載せてフロアに出た時、はっとした。

「コーヒーの男」がテーブルを離れて、ショーケースを覗いていた。その目はうつろだ。見ると、透馬と池谷さんはオセアニアの検品を始めていた。こうなると、透馬は接客を後回しにして、作業に没頭してしまう。

「ご希望の商品をお出ししましょうか？」

テーブルにコーヒーを置いた後、砂羽は「コーヒーの男」に近付き、声をかけた。昏い目が砂羽を振り返った。

ぎくりとした。

死んだ魚と同じ目だった。

N文具センターで見かけた時も、男性は同じような目つきでショーケースに見入り、溜め息をついていた。

やはり、この男性はコーヒー目当てで粘っているのではなく、何か別の目的があるのだ。

だったら何故、店の者に希望を伝えないのだろうか。現に「これこれこういうペンを探して欲しい」とか、「入ったら連絡して」という客は幾らでもいるのだ。

「あの、相談事でしたら、店主が承りますが……」

試しにそう言ってみる。

返答を待ったが、男性は無言で砂羽の顔を見ているだけだ。いや、その目は砂羽を通り越し、何もない中空を見ているようだった。

「し、失礼しました。どうぞ、ごゆっくり」

いたたまれなくなり、男性の傍を離れた。

池谷さんが帰った後も、彼は滞在していた。

こんな日に限って来客がなく、手持ち無沙汰な砂羽は、こっそりと男性を観察する他なかった。見れば見るほど不可解だった。

やがて、日が傾く頃になると、「コーヒーの男」は静かに立ち上がった。透馬は、客から預かった万年筆を手入れしていた。ちらと、彼が透馬の手元を見た。

そして、がっくりと肩を落とすと、扉を引いた。

「砂羽ちゃん、ちょっと留守番を頼む」

弄っていた万年筆を手早く箱にしまうと、男性の後を追うように透馬も出て行った。

*

「野並くん」

講義室から出ようとすると、指導教官に目配せされた。

指導教官の後ろにつき、廊下を右に左にと曲がる。薄暗く、天井が高い建物は何処か修道院を思わせる。

通された部屋は海に面し、窓からの景色は素晴らしかった。東西に伸びる複数の鉄道の路線、その向こうに広がる海や、人工島まで見渡す事ができた。

その窓に背を向けて、指導教官が言った。

「君、就職が決まってないんだって？」

咄嗟に俯いていた。

「何処からも内定をもらえなくて、その……」

消え入るような小さな声しか出せない。

「就活をせずに、一体何をしてるんだ？」

むっつりとした顔で言う。

「アルバイトをしています。万年筆を売っているお店で」

「バイトなんか辞めて、さっさと就活を再開しろ」と言われるかと思ったら、「そこ、安く買えるの？」と聞かれた。

「メーカーに頼んで、司法試験の受験生用にペン先の書き味が良く、解答用紙の罫線に合う万年筆を安く買えるようにしてもらってるんだが、受験勉強に専念している者にとっては大きな出費でねぇ……」

〈メディコ・ペンナ〉では、万年筆は定価で販売しているから、値引きなどはしないだろう。そう言うと、指導教官は残念そうにした。そして、文字を長時間にわたって書き続けても疲れない方法だとか、万年筆とインクの相性やインクの選び方といった蘊蓄を始める。

「知ってるかい？　左利きの受験生には、顔料インクがお勧めなんだ」

教授は左手にペンを持ち、左から右へと文字を書き始めた。

「左利きで横書きの場合、書いてすぐに、手が文字をこすってしまうだろう？　その点、顔料系のインクは乾きが速い。ただし、うっかりするとペン先を詰まらせてしまう欠点があって……」

本来の目的をすっかり忘れてしまったのか、砂羽が「店主が修理や調整も行う」と言うと、〈メディコ・ペンナ〉の所在地を聞かれた。

「私も最近はパソコンばかりで、万年筆を使わなくなった。自宅に古い万年筆が何本もあるから、一度寄らせてもらうよ」

指導教官の部屋を退室した後、そのままキャンパス内のカフェへと向かい、美海の姿を捜す。

彼女は隅のテーブルで、本を広げていた。前に渡したまひろ汀の文庫本だ。

砂羽を認めると、美海は本を閉じた。

「辻ちゃまに捕まっとうでーって聞いとうけど？」

「途中から万年筆について喋り始めて、結局、就活の話にはならなかった。お店にも来てくれるって」

美海は「あっは」と笑った。

「学生がそのまんま先生になったみたいな辻ちゃまに、就活のコツなんか教えられへんわ」

辻ちゃまというのは、指導教官の呼び名だ。何処かの御曹司《おんぞうし》という噂から、お坊ちゃまという意味も込めて皆に、そう呼ばれている。

「それより、どう？　その……本。『カコヨモ』っていうサイトでは、結構なアクセス数があるんだ」

「うん、面白いでー。実は私、小説ってあんまり読まへんねんけど、引き込まれたわー。ちょうど、私らがうろうろしよう三宮とか元町が舞台で、『エビアン』のコーヒーゼリーとか、『元町サントス』のホットケーキ、南京町の『エストローヤル』のシュークリームとか、懐かしかった。出てくる店のチョイスがレトロやから、笑てしもたけど……」

美海は本に栞を挟むと、ぱたんと閉じた。

「それより、妖精さんとこ行こ。このあいだ言うてた、インクを選びに」

今日はバイトのシフトには入っていなかったが、たまには客として訪れるのもいいだろう。

ふと、以前、入りそびれたトアウエストのカフェを思い出す。

「そろそろ桃パフェが出る頃よね？　インクを買う前に行ってみない？」

「HANAZONO CAFE？」

「そう！」

お洒落な女子が集まるカフェも、二人なら心強い。

だが、意気揚々と電車に乗り込んだまでは良かったが、三ノ宮駅西口を出た途端、真夏の太陽にかっと照り付けられ、くじけそうになる。

「今年も暑いなぁ。夏の日本は熱帯やで」

生田新道を、日傘をさして歩く。

トアウエストは、ちょうど三ノ宮駅と元町駅の中間あたりにあるから、この季節は暑い中を歩く事になる。

ようやくトアロードに辿り着き、一つ目の角を曲がる。

茶色いタイルと白い日除けに飾られたビル、狭い階段を上がった二階に、お目当てのカフェはある。

道行く人を上から眺められる窓際のカウンターに並んで座ると、砂羽は待望の桃パフェを、美海は桃のミルフィーユとアイスティーを注文した。

「おいっし～い」

お互いの注文した品を一口ずつ分け合う。

冷たいスイーツを食べながら、クーラーの冷気で冷やされたおかげで、すっかり汗が引いた。

ゆっくり涼んだ後、意を決して外に出る。

こちらの方面から〈メディコ・ペンナ〉に行くには、トアロードを山手に向かって歩き、西側からパールストリートに入った方が近い。礼拝の時間なのか、黒いヒジャブを巻いた女性達がモスクの周辺に集まっていた。

先客はおらず、透馬はすぐに美海の相談に乗ってくれる事になった。

アルバム状にファイリングした色見本帳を取り出してくる。

このあいだ新色が出た時は、砂羽も見本帳作りを手伝わせてもらったが、色見本を作る時は、ガラスペンを使う。洗えば簡単にインクが落ちるので、一度に何十種類ものインクを使う時には便利なのだ。

色見本帳には、名刺大のカードがメーカーごとではなく、ブルー、ブラック、赤、グリーンなど、色味に分けてファイルしてある。そのカード一枚一枚に書かれた文字と、水彩用の筆でグラデーションになるように引かれた線を見ながら、欲しいインクのイメージを固めて行く。

「ボトルインクを買うの、初めてなの？　じゃあ、とりあえずインクの基本的な事から説明しようね。黒といってもね、これだけの差があるんだ」

透馬はブラックインクのページを広げた。

「一見、同じ色に見えて、こうやって筆でぼかせば、一つとして同じ色はないよね？　同じ黒でもグレーに近いインクもあれば、ブルーに寄せたのもある」

黒は豊かな色なのだと、透馬は言う。

「万年筆愛好家の間では、『インク沼にハマる』という言葉があるんだ」

「インク沼？」

砂羽と美海は同時に声を上げていた。

「インク集めの歓びにハマってしまった万年筆愛好家が、半ば自虐的に使うんだよ。まるで底なしの沼のように、奥深い世界に入り込んでしまったという意味で」

透馬によると、手あたり次第に集める人もいれば、青なら青と理想の一色を探し求める人、地名が入ったご当地インクをコレクションする人など、インクへのハマり方も人それぞれらしい。

「美海ちゃん、このあいだパイロットのkakünoを持ってたよね？　イベントで知り合ったお客さんで、透明のkakünoをたくさん揃えてる人がいて、余程、好きなんだろなぁって思ってたら、一本ずつに違うインクを入れてたんだ。実は万年筆じゃなくて、インクが好きだったっていうオチ。確かにkakünoはコスパが高いから、分からなくもないけど……」

透馬は、ちょっと残念そうにした。

モンブランとまでは言わなくても、国産であれば一万円と少し出せば金ペンが買えるのにと言いたげに。だけど、やはり一万円以上もする文具は贅沢だと、砂羽は感じる。

「ショップのオリジナルインクを求めて、わざわざ海外からお見えになるって言うんだから驚くよ。僕自身はインクにこだわりはなくて、クラシックなブルーとかブラックで十分だから……。で、美海ちゃんは欲しい色とか、だいたいのイメージは決めてるんだよね？」

「やっぱピンクですよね？　恋愛運を強化するんやったら」

透馬は、赤系の色が集められた頁を開いて見せた。

「色だけじゃなく、紙との相性もあるんだ。裏抜けしないとか……。できれば、使いたい紙があるといいんだけど」

だが、「特に用途は考えていない」と言うので、ごく一般的な物の中から選んでもらう事にした。

「う～ん、ペン本体に合わせんねんやったら断然、ピンクやけど……。こっちのワインカラーも捨てがたいなぁ。なぁ、砂羽ちゃんはどう思う？」

「洗えば色の交換ができるから、気楽に選べばいいんだよ」と、透馬が助言するが、美海は迷っている。ようやく、パイロットの色彩雫シリーズの「躑躅《つつじ》」と「山葡萄《やまぶどう》」のどちらかに絞る事にしたようだ。

「ようせ……、店長は、どう思います？」

「『躑躅』は、マーカーみたいに使うのがお勧めなんだ。蛍光ペンのピンクみたいに発色するからね。『山葡萄』は、僕もお勧めの色だな。しっかり発色するけど落ち着いた色で、手紙を書く時に使えば洒落てる。今、持ってるニース・リラにも合うし。あ、でも希望はピンクだったね」

「あぁ、もう決められへんから、店長の言う通りにする」

散々、迷った挙句、透馬が勧めたインクを選んだ。

透馬は、美海の目の前で万年筆の首軸を外し、付属のコンバーターを装着した。そして、箱から新品のボトルインクを取り出す。

瓶の蓋を開いておいて、コンバーターのつまみを左に回し、内部のピストンを下げる。

「いい？　インク入れるよ」

最後に念押しした後、透馬はペン先を瓶に浸けた。

ペン先を首の部分まで沈め、先ほどとは逆につまみを右に回すと、赤ワインの色をしたインクが吸い上げられて行く。「この時、ペン先が瓶の底に当たらないように」とか、「吸い上げる時は、ゆっくり」と注意をしている。

インクを吸い上げた後、今度はつまみを左に回して二、三滴のインクを瓶の中に落とす。そして、ペン先を上に向けた状態で、つまみを右に回して、完全にピストンを上げた。

「こうしておくと、いきなりドボッとインクが出ないんだよ」

続いて、ルーペでペンポイントを見た後、メモの端にペン先を押し付け、何やら調節している。

「はい。書いてみて」

万年筆を受け取った美海は、試筆紙に文字を書く。

「わ、書きやすなっとう！　何をやったんですか？」

だが、透馬は詳しくは説明せず、少しだけ怖い顔をしてみせた。

「前にも言ったと思うけど、万年筆は丁寧に扱ってね」

美海は以前、トレイの上に、バケツから水をあけるみたいに万年筆を落とし、透馬に注意されていた。

そう言えば、ニース・リラはペンシースにこそ収められていたが、美海は取り出す時に、バッグの中をかき回すようにしていた。多分、持ち運んでいる間に、バッグの中を行ったり来たりしていたはずだ。

やっぱり、物を雑に扱う性格を直さない事には、恋愛運はアップしないような気がする。

「砂羽ちゃん、申し訳ないんだけど……。今から品出しするから、もうちょっと居てくれる？」

「いいですよ。ここで二人でお喋りしてますから、ごゆっくり」

透馬が奥に下がると、「品出しって？」と美海が聞いてきた。

「奥に置いてある在庫を店頭に並べるの。あんまり動いてない商品もあるから、入れ替えるんじゃないかな」

ぎいっときしみながら扉が開く。

今日はバイトの日ではないのに、反射的に「いらっしゃいませー」と言っていた。

「あれ、週末じゃないのに、どうしたの？　砂羽ちゃん」

フカミ貿易の営業担当・池谷さんだ。

「冬木さんは？」と言いながら気もそぞろで、早速、委託品コーナーへと向かう。

そこへ透馬が奥から現れた。

「あぁ、こんにちは。今から品物を出しますから」

「手伝いますよ。……ていうか、何ですか？　この大量の荷物は」

バックヤードに、例の女性オーナーが持ち込んだ万年筆が積み上げられているのを見つけたようだ。委託品だと聞くや、作業を中断して確認し始めた。

「全部、同じ人が持ち込んだんですか？」

「そうですよ。各年の話題の商品や限定品をあまさず網羅してます」

「ふうん。なんつーか、集め方に脈絡がないですね。とりあえず目についた物を片っ端から買ったんですかね」

池谷さん曰く、コレクションにはおのずと持ち主の個性が表れると言うのだ。同じメーカーの型違いを集める者もいれば、素材や色を揃えてコレクションする者もいる。或いはメーカーや作られた時代が違っても、コレクション全体を見渡した時に同じ匂いが感じられたり、統一された雰囲気が漂う。そういうものらしい。

「だいたい、綺麗に磨いてあったり、修理した物を、ネットでポチポチっと買うのはコレクターじゃない！」

旧家が残る地方都市や、時にはイギリスにまで足を運び、骨董店や蔵から出た埃まみれの万年筆をタダ同然で手に入れたり、工芸品かと思うような逸品に「百万円」とふっかけられて値切り倒したり、メーカーの商品カタログに記載されていないプロトタイプを見つけ出した時の高揚感などを、熱く語る。

「それがコレクターにとっての楽しみなんです」

その時、後ろから肘を引っ張られているのに気付く。小声で「紹介して」と囁かれる。さすが、好感度ナンバー1アナウンサーに似ているだけある。初めてここを訪れたのは五月で、そこから二ケ月経っているというのに、美海はしっかりと池谷さんを覚えていた。

「池谷さん。こちら、私の友人の……」

「一度お目にかかってますが、とりあえず初めまして。山口美海です」

しおらしく挨拶する美海。

だが、万年筆に気をとられた池谷さんは「あぁ、どうも」と素っ気ない。美海には気の毒だが、タイミングが悪かった。万年筆を前にした池谷さんは、他の事が目に入らなくなるのだ。

「これだけテイストの違うものばかり、よく集めたものだ」と一人でブツブツ言っている。

「でも、池谷さん。百本って凄くないですか？」

「まだまだ甘いね。砂羽ちゃんは。僕は三百本持ってるけど、それでもオフ会では小僧扱いさっ」

ここで初めて、池谷さんはこちらに目を向けた。

「もっとも、僕だってコレクションした品を全て気に入っている訳じゃない。中には『一箱幾ら』で買った万年筆もあって、何でこんなの持ってるんだ？　と理解に苦しむ時がある。ねえ、君達にも覚えはないかい？　せっかく買った服を着もせずに、値札をつけたまま死蔵させちゃった事。それと同じ。まぁ、ほとんど病気さ」

半ば自虐的に言って、美海に向かって笑いかけた。

それだけで、美海は有頂天だ。きっと、買ったばかりのインクの御利益だと思い込んでいる。

ふいに池谷さんの視線が逸れた。

つられて砂羽も振り返る。黒い人影が目に入り、「ひっ」と声を上げそうになる。

一瞬、幽霊かと怯んだが、扉の向こうにいたのは「コーヒーの男」だった。気を取り直して店内に迎え入れる。

「いらっしゃいませ。こんにちは……」

ぎょっとした。

このあいだ見た時より顔色が悪く、立ち竦んだままの顔には大量の汗が浮かんでいる。

「……大丈夫ですか？」

具合の悪そうな「コーヒーの男」を前に、どうしようかと迷っていると、後ろから透馬の声がした。

「どうぞ、中にお入り下さい。今、新しい商品を出しているところなんです。委託品もたくさん入ってますから、御覧になりませんか？」

珍しく、透馬が作業の手を止めて、客に話しかけている。

「先日、女性のお客様から持ち込まれた物なんです。まだ、オーナー様との値段交渉が済んでいないのですが、未使用の新古品ばかりで非常に状態が良いですよ」

何故か「コーヒーの男」は回れ右をして立ち去ろうとしたが、それを透馬が引き留める。

「お客様。是非、御覧になって下さい」

不審に思った。

ここまで積極的に接客する透馬を、砂羽は初めて見た気がする。

「もしかしたら、お客様がお探しの万年筆があるかもしれませんよ」

透馬は男性を中に誘うと、女性が持ち込んだ紙バッグが置かれた一角を示す。

「あぁっ……」

男は呻くと、アンリ・シャルパンティエの紙バッグに手を伸ばした。そして、中を確かめると、嬉しそうに笑った。

「まだ、ありますよ」

そして、バックヤードに保管してあった紙バッグ入りの委託品を全て出してきた。

「どうぞ、箱の中身も御覧ください」

透馬は一つずつ、ケースの蓋を開けて行く。

瞬く間に、男性の顔に生気が戻った。だが、それも束の間の事だった。

「これは、あなたの物なのですよね？」という透馬の声に、はっとしたような表情をし、かぶりを振る。

「もう、いいんです。さっさと売り払って下さい。お願いだから……早く、僕の目の届かないところへ……。見たくもない」

透馬の表情に陰りが差した。

そして、砂羽も悲しい気持ちになる。

これだけの万年筆を集めるのには、長い年月とお金が必要だったはずだ。それを、一気に手離すと言うのだ。

新しい万年筆を購入したいからとか、使っていないからとか、飽きたからと言うのなら分かる。「見たくもない」とは、一体どういう事情があるのだろうか？

「すみません！」

不意に、慌てた様子で女性客が扉を押して入ってきた。

「……あなた」

女性は「コーヒーの男」を見るなり、わっと泣き出した。

「恵美《えみ》、何故ここに……」

「あなたが来ているって連絡があったから、急いで来たのよ！」

恵美と呼ばれた女性は、涙も拭わずに叫んだ。

「僕がお呼びしたんです。取り返しのつかない事になる前に」

透馬の声が、二人の間に漂う緊張を断ち切る。

「今、コーヒーをお出しします。ここでお二人でゆっくり話し合われては如何ですか？」

そして、砂羽に向かって目配せをした。

＊

「このあいだの夫婦、仲直りできたん？」

週に一度のゼミで、美海は砂羽の顔を見るなり聞いてきた。

あの日、透馬から促され、砂羽は二人の為にコーヒーを淹れた。ただ、人に聞かれたくない事もあるだろうからと、砂羽達は早々に席を外したのだった。

成り行き上、後になって透馬は経緯を話してくれた。

「コーヒーの男」は、名を菱田《ひしだ》さんといった。

あの日、駆け込んで来た恵美さんは菱田さんの奥さんで、以前から夫の趣味を苦々しく思っていた彼女は、大切なコレクションを夫に無断で売り払おうとしたのだった。

万年筆がなくなっているのを見た菱田さんは、相当なショックを受けただろう。奥さんも大喧嘩になるのを覚悟していたそうだ。だが、菱田さんは怒るどころか、妻に向かって「今まで迷惑かけてごめん」と謝ったと言う。

そんなに嫌だったのに気付かなかった。

君を傷つけてしまった。

そう言って、手元に残っていた僅かな愛用の万年筆と、別にストックしていた壊れた万年筆も売り払ってしまった。ペン先は14金や18金、中には21金もあるから、買い取ってくれる専門店があるらしい。

だが、それだけでは終わらなかった。

菱田さんは万年筆を綺麗に処分すると、今度は身の回りの整理を始めた。好きで集めていた本や衣類。それだけでなく、写真や旅行に行った時に買った思い出の品までをも捨て始めたのだった。

残されたのは会社に来て行くスーツとシャツ、ネクタイ。後は最低限の日常着と下着。仕事道具とビジネスバッグだけとなった。

まるで、死ぬ前に身の回りを整理しているような差し迫った様子だった上に、恵美さんに黙って会社を退職していた事が、あの日に判明した。

つまり、菱田さんは会社に行く振りをして自宅を出て、〈メディコ・ペンナ〉や町の文具店を彷徨《さまよ》い歩いていたのだ。

「店長は、菱田さんが店から出て行った時、尾行して自宅を突き止めたんだって。そこが、万年筆を持ち込んだ女性の住所と一致して……。で、奥さんに事情を話したみたい。菱田さんが日中に店を訪れて長時間にわたって滞在したり、他所の万年筆店を梯子したりしてるって」

美海は「ふうん……」と、何処か納得できないような表情をした。

「確かに、自分の持ち物を勝手に売り飛ばされてショックなんは分かるけど、何も会社まで辞めんでも……。コレクターって訳が分からんゆうか、扱いの難しい生き物やなぁ」

「池谷さんも相当なコレクターだよ。きっと、家の中は大変な事に……」

「ええっ！　それあかんやつやん！」

「美海ちゃんは、そういう趣味を理解できる自信ある？」

「うわぁ……」

頭を抱える美海を見ながら、砂羽は思い出していた。

（僕はね、大切にしていたコレクションを手放すお客様を、これまで何人も見てきたんだよ）

そう言った時の、悲しげな透馬の表情を。

手放す理由は人それぞれだったが、会社の倒産や不景気による収入の低下で、生活を変える必要にかられた人もいた。その都度、透馬は彼らの名残惜しそうな表情や無念さに触れてきた。

中には、万年筆を売ったところでどうにもならなかったのか、自死を選んだ人がいて、だから、恵美さんが持ち込んだ万年筆が菱田さんのコレクションだと気付いた時、透馬はとっさに最悪の結果を考えたらしい。

＊

「もう大手は採用を終了していますが、秋には若干の募集がありますから」

テーブルを挟んだ向こうで、キャリアセンターの職員は慰めるように言い、ＰＣに何か打ち込んだ。そして、諸々のセミナーの案内を渡されて砂羽はキャリアセンターを出た。

その案内をゴミ箱に捨てる。

セミナーを受けたからといって、人生は好転しない。職員はただ、「何かをさせた」という言い訳が欲しいだけなのだ。何処にも採用されなかった可哀想な学生とその親、目には見えない何かに向けて。

そのまま電車に乗り、〈メディコ・ペンナ〉へと向かう。

重い木の扉を押して入ると、「コーヒーの男」改め、菱田さんが来店していた。

テーブルにはコーヒーのカップが置かれているから、透馬が淹れたのだろう。

今日の菱田さんは、いつもと違う色のシャツを着ていた。ピンクがかったシャツが色白の肌に映え、随分と顔色が良く見える。

「いらっしゃいませ。こんにちは」と声をかける。

振り返った菱田さんは、以前のようなどんよりとした目ではなくなっていた。

「コーヒーのお代わりは如何ですか？」

「ありがとう。冬木さんにも、君にも随分と心配をかけてしまったね……」

予想外に明瞭な返事があったから慌てた。よく考えたら、菱田さんと意思の疎通ができたのは、初めてのような気がする。

「いえ、そんな……」

急いでカップを下げ、新しい飲物を運ぶ。

「あの、お加減は良くなりましたか？」

おずおずと切り出すと、菱田さんが笑顔を見せた。

「うん。何とか……ね」

今はリハビリを兼ねて、期間社員として工場で働いていると言う。独身寮も完備されていて、奥さんとは別居しているらしい。

「少し、距離を置こうと思って、話し合って決めたんだ」

一旦、ショーケースに顔を戻した菱田さんは、何かを思いついたように砂羽を見た。

「君、大学生なんだって？　そろそろ就活かな？」

「それが……」

来春、卒業予定なのに、何処からも内定がもらえなかったのだと、正直に話す。

「情けないです。周りを見ても、卒業後の進路が決まってないのって、私ぐらいなものでで……」

「そうか……。それは不安だね」

話はそこで終わるかと思ったが、菱田さんは続けた。

「でも、新卒で入社したとしても、一年以内に辞めてしまう社員も多いんだよ。入社前に希望していた職種と違う部署に回されたり、実はブラック企業だったり……。理想と現実は違うし、実際に入社してみなければ分からない事なんて幾らでもある」

菱田さんは砂羽から視線を外し、自分に言い聞かせるように話し始めた。

「僕が万年筆を集め始めたのは、高校生の時だった」

初めて手に入れた万年筆は親戚からもらった入学祝いだと、懐かしそうに目を細めた。

「今から考えたらちゃちな代物だったけど、万年筆を使っていると大人になったような気がしてね……」

お小遣いやアルバイトで稼いだお金を貯め、廉価な国内産のスチールペン、金ペンと一本ずつ集めて行った。時にはヴィンテージや廃番品をネットで購入する事もあった。

「社会人になって、自由になる金が増えると、購入する頻度も高くなった」

最初は臨時収入があったり、ボーナスの時期に買い求める程度だったのが、ある時期から度を超すようになった。

「好きが高じて、就活は文具メーカーに絞って採用試験を受けたんだよ。だけど、何処も落ちてしまって……。ちょうど就職氷河期で、小さな商社に何とか拾ってもらった。決して納得してた訳じゃない。でも、大学まで行かせてもらったんだから、何処かに就職しないといけない。そんな風に考えて、妥協したんだ。万年筆は趣味でいい……って」

第一志望の企業でも、希望していた職種でもなかったけれど、菱田さんは気持ちを切り替えて、採用された会社で働き始めたと言う。

だが、社員数が四十人程度の小さな会社は、経営者による私物化と、上司である古株社員のモラハラが横行するような、いわゆる不健全な職場だった。

次々と人が辞めて行く中、菱田さんは常に社長と上司の顔色を窺い、頭を低くしながら、淀んだ社内の空気に耐えていた。そして、会社にお弁当を配達していた恵美さんと知り合い、結婚した。

「思い返すと、僕の収集癖は恵美と一緒になってから、拍車がかかって行ったんだ」

　菱田さんは、結婚を機に上司の標的とされ、モラハラを受けるようになったらしい。

「結婚したから、少々の事じゃ退職しない。そう思われたんじゃないかな……。実際、完全に辞めるタイミングを失ってしまったんだし」

　ずっとこのままの生活が続くかもしれない。

　菱田さんは、追い詰められたように万年筆を買い集め始めた。小遣いだけでは足りないから、給料から天引きされていた貯金を取り崩し、それでも足りなくなり、最後は消費者金融に手を出す羽目に陥っていた。

　中でもネットオークションにはゲーム感覚でハマってしまい、大して欲しくもない商品を落札しているうちに、気が付いたら大変な額の請求書が届くようになった。

「まずは借金を返さないと……。元通り恵美と一緒に暮らせるようになるのは、その後だね」

　菱田さんは乾いた笑い声を上げた。

　まだ社会人として働いた事のない砂羽には、想像できない話ばかりだった。

「恵美に万年筆を処分されたと分かった時、もうどうでもよくなったんだ。会社を辞めて、すっきりしようって……。だけど、そんな事をしても借金は消えないし、給料が入ってこなくなるんだから、余計に自分の首を絞めただけだった。一体自分は何をやってるんだろうって……。もう、生きている意味が分からなくなった」

深刻な話をしているのに、菱田さんの表情は何か吹っ切れたように見えた。

「でもね、僕は気付いたんだ。別に何もかも自分の手元に置いておかなくても、店に来ればたくさんの万年筆があるって。幸い、ここの店主は、何も買わずにいる僕をそっとしておいてくれた」

透馬には見えていたんだろうか？

彼の背負っていた重い荷物が。

「僕に必要だったのは万年筆じゃなかった。心穏やかに過ごせる環境だったんだ」

卓上に置いた菱田さんのスマホから、軽やかなメール着信音が響いた。相手を確かめると、菱田さんは即座に返信した。

「また、来ます。コーヒーごちそうさまでした」

スマホをポケットに戻すと、菱田さんは笑顔で会釈をし、店を出て行った。

「このまま離婚しちゃうんでしょうか？　奥さんと……」

透馬はそれには答えず、独り言のように呟いた。

「結局は奥さんが持ち込んだ万年筆、そのまま僕が預かる事になった」

一応、「お返ししましょうか」と尋ねたのだが、菱田さんは固辞したらしい。物だった。彼の心を支える防波堤のような物だった。納得した上でそれらを手放すという事は、奥さんと生きる道を選ぼうとしているのだろうか？　物を拠り所にするのではなく、生きた人間としっかりと向き合う人生へと――。

「万年筆も家族も、放っておいて良くなる事はない。毎日使って、手入れもして、何処か具合が悪いところがないか。絶えず気にかけてやらないと駄目になる。夫婦だから、家族だから。そんな関係に甘えて、努力を怠っちゃいけない」

胸のうちで砂羽は呟いた。

――私んちがそうだった。

実家にいた頃の砂羽は、母が怒り出すと自分が悪くなくても謝っていた。時には言い返したり、自分の意見を言ってはみたが、結局は聞いてもらえず、我慢して従う他なかった。

だから、決めた。

もう、分かり合おうとは思わない。心に蓋をし、物理的にも距離を置こう――と。

「次に万年筆を手に入れるのは、菱田さんの新しい生き方が軌道に乗ってからじゃないかな？　新しいものを手に入れる暁には、うちの店が何かお手伝いできるといいんだけど……。いや、その時には、万年筆はもう必要じゃなくなってるかもしれないね」

透馬はそう言って、手にした万年筆をそっと撫でた。

「店長……。私も売りたい万年筆があります」

両親から贈られたモンブランだ。

「何故？　勿体ないよ」

「聞いて下さい。私……、卒業した後も家に帰りたくない。このまま一人で暮らしていたいんです」

透馬は表情を動かさないまま、砂羽の次の言葉を待った。

「私の父は弁護士で、法学部に進学した私が将来、司法試験を受ける時の為にって、あんな立派な万年筆を選んだんです。実は、母は私が家を出るのに反対してたんです。でも、父が説得してくれて、私は希望した大学に通う事ができました。だけど……」

ぐっと拳を握る。

「だけど、私、大学に入学した後になって、ここでやりたい事が何もないって気付いたんです。ただ、家を出るのに都合が良かったから、今の大学を選んだだけで……。本当は父の事務所を手伝う気も、司法試験を受けるつもりもないんです。だいたい、その為の勉強もしてなくて……。だから、だから……。モンブランは必要な人、持つのにふさわしい人の所に行くのが幸せなんです」

一度は採用試験に持参して、答案を書くのに使ったものの、結局、あれから使わないまま置かれている。

「分かった。そういう事情なら持っておいで。欲しがりそうな人を知ってるから、すぐに売れると思う」

胸のつかえがとれた気がした。

「店長。お願いがもう一つあるんです……」

唾を呑み込む。

だが、次の言葉が出てこない。

モンブランを売ったお金で、私に相応しい万年筆を選んで下さい。そう言うつもりだった。

（万年筆には、人の生き方を変える力があります。あなたの人生を変えてみませんか？）

だが、今、砂羽に必要なのは万年筆ではない。

「どうしたの？　改まってお願いだなんて……。僕にできそうな事なら協力するけど」

顔を上げると、梟にも似た聡明な容貌がこちらを見ていた。

その顔が誘う。

君が言いたい事は何なの？

「卒業した後も、私をここで働かせて欲しいんです」

予想外の言葉だったのか、透馬が目を見開いた。

「それはその……。つまり、アルバイトじゃなくて、社員として雇って欲しいって事かな？」

「はい。駄目でしょうか？」

透馬は腕組みをした。

「うちは小さな店だし、今後も大きくして行くつもりはないから、君が自活できるだけのお給料は出せない。ひょっとして、まだ就職先が決まってないの？」

こくんと頷く。

「そう……。それは困ったね。大学の就職課や先輩に相談するとか、違う業種を受けてみるとか……。うーん、そんなの、もうとっくにやってる……か」

透馬は腕組みをしたまま、何かを考えるように目を閉じる。

「申し訳ないね。何とかしてあげたいけど、僕は無責任な事をしたくないんだ」

「いいんです。私の方こそ厚かましいお願いをしてしまって。恥ずかしいです。それに、内定もらえてないのに、こんな事を言うと笑われそうですが、実は私……、採用試験を受けた企業で、行きたいと思ったところが一つもなかったんです。いえ、一つだけ興味を惹かれた会社がありました。落とされましたけど……」

社長自らが面接してくれた、川の傍に建つ社屋が頭に浮かんできた。

（これは、お節介かもしれないけど……。もっと自分の好きな物とか、やりたい事を考えた方がいいんじゃないかなぁ）

あれから何度も反芻している言葉だ。

「就活して気付きました。私、自分の趣味とか好きな事で、仕事に繋がりそうな物って何もないんです」

小説を読むのは好きだが、書ける訳ではない。かと言って、文芸評論家や書評家になる方法についてはよく分からないし、なりたいと思った事もない。

「ずっと母との関係が良くなくて、母から逃げたくて、今の大学を選んで……。だけど、学費を自分で払ってる訳じゃない。……そんな中途半端で甘えた人間、誰も雇いたくないですよね」

手にした万年筆を、透馬はトレイの上にそっと置いた。

「君は、思い違いをしている。それも二つ」

「え？」

「まず一つ目。世の中には、自分の好きなもので食えてる人ばかりじゃない。むしろ好きでもないし、向いてるとも思えない仕事を長い間、愚直に続けた結果、プロフェッショナルになる人の方が多いんじゃないかな。僕だって君ぐらいの年齢の頃には、まさか万年筆の調整士になるなんて思ってなかったもの」

「……」

「君はまだ若いんだ。これからご縁のある所でお世話になって、そこで自分の天職にもなるような仕事を探せばいいんだよ」

月並みな言葉だった。

これが透馬でなく、キャリアセンターの職員から言われていたら、「何を綺麗事を」と思っただろう。だが、今は素直に胸に響く。

「それからもう一つ。家族って仲良くなければいけないのかな？」

透馬は宙に目をやる。

「世間の人は知らないよ。でも、僕はどちらかと言うと、家族関係で悩んでいる人の方が信用できる。考えてごらんよ。仕事で成功を収めたり、人生を謳歌している人達は、もしかしたら家族に理不尽な要求を押し付けて、自分は好き放題に生きてるのかもしれない。その陰には、逃げられない辛さを抱えながら、家という檻に囚われている人達がいる。だから、無邪気に『うちの家族は仲がいい』って言う人には共感できないんだ。僕は……」

「何か……、救われます。そう言ってもらうと。親を嫌い、感謝できない自分は、ずっと駄目な人間だと思ってきたから……」

「ただね、君にはもう分かっているはずだよ。両親から贈られたモンブランを手放すと決心したのだから」

以前、透馬から言われた言葉を思い出す。

（僕には君が、まだ子供でいたいと思ってるように見えるんだけど）

あの時、砂羽は家族を鬱陶しく思いながらも、いつまでも手元に両親から贈られた万年筆を置いていた。家を出たというのに、心は親元に残したままで、そんな曖昧な自分を透馬は見抜いていたのだ。

「私、少しは大人になれたでしょうか？」

返事はなかった。

見ると、「もうこの話は終わり」とばかりに、透馬はルーペでペン先を覗いていた。

第四話　我が道を行け

七月

会場の入口には、スタンド花が飾られ、木札には「祝　四方純先生　デビュー三十周年記念講演会」の文字が躍る。

書店で開催されたトークイベントに集まっているのは、橋口博子を含めてほぼ全員が女性だった。満席となった会場の最前列で、博子は膝の上に載せたノートにメモをとっていた。

一段高い場所に座るのは、黒縁の眼鏡をかけた大柄な男性。その首には、「四方純」と書かれたネームプレートがぶら下がっている。

中性的なペンネームと作風のせいか、四方を女性作家だと思い込んでいる者は多い。

実際はラガーマンを思わせる堂々たる体躯の還暦間近の男性で、物語のイメージとは随分かけ離れていたから、著書のカバーに著者近影が掲載されていないのに納得する。ネットで検索しても顔写真は出てこないので、いわゆる覆面作家なのだろう。今日も撮影は禁止だった。

「それでは、これより質疑応答の時間とさせて頂きます」

司会者が客席に目を走らせると、「はい！」と勢い良く手を挙げた女性がいた。博子より随分年上に見える女性は、たっぷりとフリルとギャザーの入ったワンピースに、手編みのレースカーディガンを重ねていた。

「四方先生。初めまして。私は中学生の頃から、先生のファンで……」

それは質問と言うよりは、ファンからの熱いメッセージだった。

最初は真顔で女性の話を聞いていた司会者も、何処で話を打ち切らせようかとタイミングを見計らっている。

一方、四方の表情は硬いままだ。

内向的な性格なのか、トークの間も言葉が出てこない時があり、何度も司会者に助け船を出してもらっていた。まるで、ここに座っているのが不本意だと言いたげで、言葉も少ない。司会進行の女性が喋っている時間の方が長かった。

そんな彼の手で紡ぎ出されるのは、博子には逆立ちしても書けないような、幻想的な物語だ。人工知能や変異した生物が、生身の人間と同列に存在する、そんな近未来の日常生活が、淡いベール越しに覗き見したような、儚げな文体で綴られるのだ。登場する異形達が繰り広げるやり取りは、人間同士のそれより優しく、ずっと寛容だった。

あれほど豊富な語彙で物語を紡ぐ作家自身が、いたって寡黙で口下手なのに、博子は親近感を覚えた。

「それでは、そろそろ時間も押し迫って参りました。最後に四方先生より一言頂戴して、終わりたいと思います」

優雅な仕草でハンドマイクを手にした司会者は、隣に着席している四方に目をやった。もう、お役御免とばかりに、四方は卓上に広げたアンチョコを閉じていたから、「え？」と慌てて、視線を泳がせた。その様子に客席が和む。

「うーん……。一言？　一言ねぇ……」

「漠然とし過ぎてますかね？」

司会者が苦笑いしている。

「それでは、先生にとって小説とは？　これで一言お願いいたします」

「日常生活の一部……ですかね」

暫しの沈黙の後、ボソリと呟く。

何故、そんなつまらない事を聞くのかとでも言いたげに。

「つまり、息をするのと同じぐらい自然な行為。そういう事でしょうか？　だとしたら、これからもたくさん作品が生み出され、私達を楽しませて頂けそうですね」

司会者が上手くまとめて、会は終わった。

「それでは、これよりサイン会を始めさせて頂きます……」

プレゼントが入った紙バッグや花、ファンレターを手にした女性達が、四方の著書を胸に抱いて列を作った。

仕事帰りなのか、中にはかっちりとしたスーツを着た女性もいたが、そんな女性であっても、ふんわりとしたブラウスや風に揺れるスカートを好みそうな雰囲気がした。

博子の前に並んでいる女性が今、しきりに四方の既刊を引き合いに出し、一方的に喋っていた。俯いたまま眉間に皺を寄せている作家の顔は真っ赤だ。

――何だか可愛い。

普段、森の奥に潜んでいる熊が、いきなり人前に引っ張り出されて皆の注目を浴び、目を白黒させているようだった。

順番が回ってきた。

自己紹介しようと名刺入れを取り出していると、傍らから声がした。

「申し訳ありません。本日は、為書きは御遠慮頂いています」

書店の制服を着た女性が、そっと囁きかけてきた。その手には、薄い手袋がはめられている。

「あ、すいません……」

博子が差し出した著書を受け取った書店員は、クリーム色の見返し紙が正面に来るように、四方の前にそっと置いた。

慣れた様子で、四方はサインをした。

その手元に、何気なく目が吸い寄せられた。

彼が手にしているのは、オレンジがかった色合いの万年筆だった。四方の大きな手と同化したように滑らかに動く金銀に彩られたペン先が、さらさらと紙の上を滑ってゆく。

何か質問した方がいいんだろうか？

いや、それよりも作品への感想を言いたかったし、自己紹介もしなければ。あぁ、どうやって話そう――。

博子の視線を感じたのか、いきなり四方が顔を上げた。

「あの、何か？」

口がきけないと思っていた岩が、突然、喋り始めたようなものだ。驚いた拍子に、思わぬ言葉が口をついて出た。

「え、あ……。素敵なペンですね」

「これ？」

四方は自分の手元に目をやった。

「もしかして、万年筆がお好きなんですか？」と聞かれて、頭が真っ白になる。まさか質問されるとは思わなかった。

「あ、あの。私も小説を書いていて……。それで、いつかはちゃんとした万年筆を手に入れたいって考えていて……」

――あぁ、私ったら馬鹿。余計な事を。

「同業者なの？」

「いえ！　趣味です！　趣味なんです！　でも、いつかは……と」

「そう。プロを目指してるんですね。頑張って下さい」

四方の目が和らいだ。

「万年筆と言えば、神戸に面白い店があるんだ。僕もこちらに来た時には、なるべく顔を出すようにしてる。もしかして、あなたは手書き派？」

講演会とは打って変わって饒舌になる四方に、戸惑いながらも考えた。自分の趣味の話や、打ち解けた相手にはお喋りになる人なのだろうと。

「い、い、いえっ。パソコンを使ってます」

「僕も十年ほど前に使い方を覚えて以来、ずっとパソコンだ。ただ、アイデアを出す時は万年筆を使っていて、スケッチブックのような大きな紙に、太字のペンで思いついた事を次々と、フローチャートのように……」

「お客様、お待ちの方がいらっしゃいますので」

後ろから書店員に囁かれた。

博子に注意すると見せかけて、それはお喋りに熱中して、サインの手が止まっている四方に向けられた言葉だった。

四方は暫く何か考えた後、自分の名前の下に文字をしたためた。

Laufet, Brüder, eure Bahn,

語学に疎い博子だったが、それが英語でないのだけは分かった。

「今日は来てくれて、ありがとう」

四方がサインした本を隣に座る女性の方へ滑らせる。出版社の担当編集者だろうか？慣れた手つきで、サインに重ねるように落款を押した。

会場を後にする時、「先生にお会いできて感激です！」と、甲高い声が背中に刺さった。

振り返ると、顔を真っ赤にし、俯いたまま「どうも」と呟く四方が見えた。

＊

元町駅の東口を出たら、イスズベーカリーのショーウインドウを横目に、鯉川筋《こいかわすじ》を南下する。

待ち合わせ場所は、旧居留地にある大丸の時計台だった。近くのホテルに泊っている桂木さんは、既に到着していた。トランクはホテルから宅配便で送ったとかで、随分と身軽な恰好だ。

午前中に栄町や海岸通のレトロな界隈を散策し、肉まんを立ち食いしながら南京町を冷やかす予定が、いきなり「まずは腹ごしらえしましょう」と切り出される。

昨日、打ち合わせした神戸在住の作家に、「『順徳《じゅんとく》』の葱汁そばは食べるべき」と教えられたらしい。

「人気店だから、早めに行けって言われたんですよ」

　自然と足早になる。

　そのまま元町駅まで戻り、高架をくぐって一つ目の角を曲がる。

「うわぁ、出遅れた！」と桂木さんが呻く。

　開店前にもかかわらず、既に二十人ばかりが店の前に並んでいた。列の最後尾についた後も、次々と後ろに人が並ぶ。

　博子達の後ろに並んだ観光客は、テレビで紹介された「神戸森谷《もりや》のコロッケ」の話題で盛り上がっている。

　列はできていたものの、オープン後は順に案内され、十分ほど待たされただけで、すぐに二階の席に座る事ができた。四人がけのテーブルは相席で、一緒に座った二人組も葱汁そばを頼んでいた。あっさりとしたスープに、香りの良いオイルがかけられている。

　店を出た後は、トアウエストを歩く。

　トアロードと鯉川筋の間の、ごく狭い範囲に、リノベーションされた古い建物が並び、路面には洋服や雑貨の店、そして、そんなビルの二階には一休みできるカフェが、隠れ家のように潜んでいたりする。

　桂木さんが「ロクガツビル」や、「モダナークファームカフェ」の店頭を撮影している。

白くペイントされた窓枠やテラス、アーチ形にくりぬかれた玄関、そこかしこに置かれたオリーブやローズマリーのグリーンが清々しい。

「楽しい街ですね。線路を挟んだ向こう側は中華街。かと思えば、こんなナチュラルテイストのカフェや雑貨店もあって」

桂木さんは、物珍しそうにきょろきょろしている。

「神戸は昔から、何か違うんですよ。垢抜けていて……」

博子の実家は震災で神戸を離れ、梅田や難波に行くのに便利な場所に引っ越したが、お洒落な母は「他の人と違うものが欲しい」と、わざわざ神戸まで足を延ばして買物していた。

今日は神戸観光の定番、トアロードを北上する。

旧居留地と山手を南北に結ぶ一キロほどの道・トアロードは、真っ直ぐ北上すると異人館で有名な北野町山本通へと行きあたる。

江戸末期、神戸港が開港されたのを機に外国人居留地が作られ、そこで働く外国人が住んでいたのが北野界隈で、トアロードは生活道路として賑わったという歴史があった。神戸で唯一の海と山を結ぶ坂道で、「神戸倶楽部」や「中華会館」、「聖ミカエル国際学校」など往時の神戸らしさが残る場所だ。

「山が近いですね」

そう言って、桂木さんは空を見上げた。

遮るものがないから、容赦なく陽射しが突き刺さり、ただ歩いているだけで、汗が噴き出してくる。

今年は梅雨が短く、六月下旬ぐらいから真夏を思わせる暑さが続いていた。八月に入れば、さらに暑くなるのだ。考えただけで鬱陶しい。

一方、桂木さんはバレエシューズを履いた小さな足をちょこまかと動かし、軽快な足どりで坂を上る。スクエアネックの白いブラウスに、黄色いフレアスカートが目に鮮やかだ。

「執筆の方は進んでらっしゃいますか？」

やんわりした口調だが、苛立っているのが分かる。

大阪のホテルで打ち合わせをした後、ずっとメールでやりとりが続いていた。それなのに、なかなか原稿を送ってこない博子にしびれを切らした桂木さんが「頭の中でこねくり回しているよりは、取材した方がイメージが広がりますよ」と誘ってきて、今日は一緒に街歩きをする事になったのだ。

「で、今日はとっておきの店に連れて行って下さるんですよね？」

ただし、桂木さんが考えているような、パティスリーやカフェではない。

「あ、そこを曲がります」

旧北野小学校を越えたところで、東北側へと向きを変える。

東西に走る道に足を踏み入れると、神戸ムスリムモスクがすぐに見えてきて、ハラルフードの店や香辛料雑貨店に目を引かれた。

「舞台としては、さっきみたいな中心街より、こういうちょっと外れた場所がいいかもしれないですね。読者が興味を持ってネットで検索したり、聖地巡りしてみたくなるような。このあいだ映画にもなった、日向先生の『ケーキ探偵』みたいなのがいいんじゃないかって思うんです。あれも、横浜を舞台にしたご当地小説ですし」

「『ケーキ探偵』って……。私、ミステリなんて書けないですよ」

「そんなの、書いてみないと分からないじゃないですか」

慌てて手を振る。

「無理、無理です」

「何も難しく考えなくたって。魅力的な街を丹念に書いて、ちょこっとミステリっけを出してくれればいいんですよ。ほら、神戸って規模は大きくないけど、特徴のある地方都市でしょう？　神戸ならではのものを表現できないですか？　たとえば、明治時代に日本に来た外国人のおばあさんが、日本人と結婚して始めた老舗のケーキ店を舞台にするとか。主人公は彼女の孫で、おばあちゃんから伝えられたスイーツを売って繁盛させていて、そんな主人公が町で起こった小さな事件を、さくっと解決するような話」

　思わず笑ってしまい、それが桂木さんの癇に障ったようだ。

「だから、たとえばです。我々には作家が頭の中で考えている物語を見る事はできませんし、とにかく肝心の原稿がなければ、何もお手伝いができません」

「そこです」

　話を断ち切るように、博子は角を曲がって路地に入る。二階建ての集合住宅のさらに奥に進むと、道は緩い弧を描いてカーブする。

「え……」

　桂木さんが絶句した。

　住宅街の中に、いきなりおとぎの国が現れた。

「え、え、えー！」

　ごくごく狭い間口の建物には、白くペイントされた上げ下げ窓があり、淡い紫色の鎧戸が取り付けられていた。倒れそうになっていた鉢植えの木は何処かへやられ、代わりに可愛らしい夏の花が揺れている。

「いいじゃないですか。いいじゃないですかぁ……。でも、ここってカフェなんですか？」

立て看板に貼られた紙片に、桂木さんが目を近づけた。


万年筆には、人の生き方を変える力があります。あなたの人生を変えてみませんか？


「万年筆のお店？」

「とりあえず、入りましょう」

博子は先に立って石の階段を上り、扉を押した。ぎぎぃっと、きしんだ音が鳴る。

外は暑いほどに晴れているのに、店内は薄暗く、ひんやりとしていた。

店内には誰もおらず、店主の席も綺麗に片付けられていた。

桂木さんは「ちゃんと営業してるんですか？」と訝し気にしている。

その時、奥でざぁっと水を流す音がした。陶製の食器が触れ合う気配がして、やがて、きゅっと蛇口を締める音と同時に水音も消えた。

タオルで手を拭きながら奥から現れたのは、アルバイトの砂羽だった。

客が来ていると思わなかったのか、無防備に欠伸をしながら出てきて、博子達を見ると、「あ……」と、その場で固まった。

白いノースリーブのシャツが涼し気で、化粧をしていない顔はまだ幼い。

「こんにちは」と挨拶すると、砂羽は博子を覚えてくれていた。

「生憎、店主は只今出張中で……」

「今日は知人を案内しただけですので、どうかお気遣いなく。ちょっと、お店の中を見せて下さいね」

桂木さんはざっと品物に目をやると、眼鏡のイラストが描かれたノートと付箋に目を留めた。

「そちらは店主が東京で買い付けてきたものでして」と砂羽が説明する。

「あ、神戸の製品じゃないの？」

少し残念そうにしたものの、桂木さんはそのノートと付箋を買い求めた。

砂羽は茶色い封筒型の包装資材を取り出すと、慣れた手つきでそれらを包んだ。包装資材にはゴム印で店名が押されている。

「ここは万年筆のお店ですよね？　何処に商品を置いてるんですか？」

桂木さんは目をきょろきょろさせた。

通常、万年筆の販売店にはガラスのショーケースや、壁に沿って陳列棚が置かれているが、ここではそんな分かりやすい並べ方はしていない。

「どうぞ、こちらです」

砂羽は紙製品を並べたライティングビューローへと向かった。机の両脇に本棚を備えており、そこに縦に並べた万年筆が陳列されている。桂木さんは興味深げに中を覗き込み、気になったものを取り出させた。

「試し書きはできます？」

意外と言っては失礼だが、桂木さんは万年筆に対してそれなりの知識はあるようだ。

「すぐにご用意いたします」

勧められた席は、いつも透馬が接客する書斎机ではなく、店の最奥にある木目の美しいテーブルだった。椅子に腰かけたタイミングで、時計が午後二時を知らせる音を奏でた。

卓上に万年筆の載ったトレイを置くと、今度はインクと紙が用意された。

桂木さんが選んだのは、スタイリッシュなシルバーの万年筆だった。

「こちらはパイロットのシルバーンです。素材が豪華で、スターリングシルバーが使われていて……」

キャップを外すと、博子が見た事もないような近未来的なデザインのペンが現れた。

「首軸とニブが一体型になっています。七〇年代の万年筆では、首軸一体型の万年筆が多く見られるんですが、現行品では珍しいんです。ヴィンテージな雰囲気がかえってお洒落ですよね」

そう言いながら、砂羽はペン先をインク瓶に浸した。

桂木さんは神妙な表情で、書き味を試している。シルバーンは三種類の表面加工のものがあるが、桂木さんが試しているのは一番シンプルな格子柄だった。

「ところで……。この店では、訪れた人の人生を変えられるって宣伝してたけど、それって本当ですか？」

トレイに万年筆を戻しながら、桂木さんが言う。

「どうでしょう……。私の友人は希望が叶って、人生が良い方に変わりましたけど、私はまだ……」

そう言って、砂羽は口を濁す。

「じゃあ、必ずしも全ての人が人生を変えられる……って訳じゃないんですね」

桂木さんの表情は真剣だ。もしかして、彼女も何か悩み事でもあるのだろうか？

「そうですね……」

砂羽が苦笑いをして見せた。

「実は、私がバイトするようになったのも、『あなたの人生が変わります』という言葉に興味を惹かれたのがきっかけでした。『よろず相談』っていうから、最初は占いみたいに生年月日を聞かれたり、カウンセリングシートみたいなのに記入するのかなって考えてたんですけど、違いました。店主が万年筆を調整しながらお客様と会話をするだけ。その会話が、ある人にとっては人生が変わるきっかけになる。……そんな感じでしょうか。気軽にお考え下さい」

「その調整っていうのは？」

「お客様のご希望をお伺いして、お手持ちの万年筆を、より書きやすくさせて頂きます」

「こんなのでも、見てもらえるんですか？」

桂木さんはバッグを開けると、ペンケースから一本のペンを取り出した。マットなブラックボディに同色のクリップはスタイリッシュで、万年筆には見えなかった。

「お持ち込みでの調整は、一本三千六百円で承ります。ただ、今日は店主が不在ですので、お預かりして後日のお渡しになります。取りに来て頂ければ、その時に店主がお会いして再度の微調整ができます」

「残念。今日の夜には東京に戻るから……」

「ご希望をお聞きしておいて、後でお送りする事もできますが、やはり、目の前で書き味を試してもらいながらの方が良いですよね。あ……」

砂羽の視線が動き、ぱっと表情が明るくなる。

ぎぃっと重い音と共に扉が開くと、大きなバッグを抱えた透馬が姿を現した。逆光に溶け込み、黒いシルエットと化している。

「砂羽ちゃん、コーヒーを淹れてくれる？　アイスで」

「店長、今日の出張は取りやめですか？」

出迎えながら、砂羽が尋ねる。

「先方の都合で予定が白紙になったから、早めに戻ってきた。参ったよ。それにしても暑い……あ、いらっしゃいませ」

いつもの灰色の上っ張りではなく、珍しくきちんとスーツを着ている。そのせいか汗だくだ。

「これ、見てもらえますか？　書いてると引っかかるんです」

上着を書斎机の上に放りだし、「暑い、暑い」と一息ついている透馬に、桂木さんが近付いた。

「ラミー・サファリ二〇一八年限定色オールブラック……ですね」

事もなげに万年筆の名を言い当てると、透馬は桂木さんに椅子を勧めた。そして、試筆紙を用意し、そこに名前を書くように告げた。桂木さんが筆記する様子を観察した後はトレイを差し出し、万年筆を受け取る。

ルーペでペン先を見ると、透馬は黒い布のようなものでペン先を包み、何の躊躇いもなく本体から引き抜いた。

桂木さんが「あぁっ！」と叫び声を上げたが、素知らぬ顔で傍らの道具箱から薄い金属板を取り出すと、ペン先のスリット状の隙間に差し込んで、ぐいぐいと押し広げた。

「あわわぁ……」

桂木さんの顔は真っ青で、声にならない呻き声をあげている。

「はい。どうぞ」

最後にやすりがかけられ、元通りになった万年筆が桂木さんの手に返された。

恐る恐るといった様子で紙に向かった桂木さんは、最初はゆっくりと、次に少し書くスピードを速めて、自分の名前を書いた。

「信じられない。……凄い！　書きやすくなってる」

「ペン先がズレてましたよ。もしかして、ペン先から落とすなどしましたか？」

「落とした覚えはないです。多分、ぶつけたりもしてません」

「だったら、書いているうちに癖がついたのかもしれないですね。サファリのペン先はスチールだから、筆圧の強い方には向いてるんですが……。もしかして、お仕事でストレスを感じてらっしゃいますか？」

　はっとしたように、桂木さんが膝の上で拳を握る。

「もう少し力を抜いた方が楽ですよ。万年筆をお使いになる時もお仕事も。もう一度、貸して下さい」

　インクに塗れた指がペン先をちょんと弄り、次に紙片に押し当てている。

「一度、これで使ってみて下さい。また気になる事があったら、いつでもどうぞ」

　桂木さんは名刺入れを取り出した。

「私、出版社で編集者をしていて、こちらのまひろ汀さんを担当させて頂いています」

　博子は慌てた。透馬には「校閲記者だ」としか告げていない。

「まひろさんは私が見つけ出した方なので、何としても形にしたいんです。絶対に私の手で売りたい。それなのに、なかなか書いて下さらなくて……」

「桂木さん！　何もそんな事、わざわざ……」

「いいじゃないですか。そんな恥ずかしがらなくたって」

「まだ本が出るかどうか分からないんでしょう？　それに、デビューしても覆面作家でいようって決めてるんです」

「あら？　覆面作家を貫くのは覚悟が必要ですよ。取材の話が来ても、顔出しできないとオファーを断るしかなくて、せっかくの販促のチャンスを逃しちゃうんですから。大丈夫ですか？　まひろさん」

羞恥に顔を真っ赤にする博子に、桂木さんはしれっと言った。

すると、アイスコーヒーを運んできた砂羽が、その場に立ち止まった。

「え、まひろさん？　小説？　もしかして、まひろ汀さんですか？」

全身から汗が噴き出した。

何故、彼女がまひろ汀の存在を知っているのだ？

「よくご存知ですね。愛読者だったりして……」

桂木さんの言葉に、砂羽は「うわぁ、うわぁ」と興奮したような声を上げ、顔を真っ赤にしている。

「私、文庫本を持ってます！　新城アキのイラストが入ったのを！」

かっと頬が熱くなる。それは「カコヨモ」に投稿した作品を、即売会と通販用にオンデマンド印刷したものだった。

「良かったですね。まひろさん。ファンの為にも頑張らないと」

思わぬ展開に、桂木さんのテンションも上がる。

「出版社の方がついてらっしゃるという事は、まひろさんの本が、出版されるんですか？

いつですか？　私、絶対に買います！」

「まひろさん次第ですけれど……。年明けには出したいって、私は考えています」

「来年……。来年の初めには、新作が読めるんですね？」

砂羽にきらきらした目で見つめられ、口から心臓が飛び出しそうになる。

「まだ！　まだ、分かりませんから！」

どぎまぎしながら、不思議な感覚に陥っていた。

自分より一回り以上も若い、これまで接点のなかった女性が、自分の本を買ってくれていた。文芸サークルや即売会では見た事のない顔だから、恐らく通販で購入してくれたのだろう。

――家に帰ったら、購入者リストをチェックしないと。あ、御礼を言うのが先だった。

だが、完全にそのタイミングを失ってしまっていた。

「犀星堂……。確か、うちにお見えのお客様の中に、そちらで本を出した方がいたと思うんですが……。年齢は六十ぐらいで、熊みたいな……」

透馬は差し出された名刺に目を落としながら呟いた。

はっとした。

「それって、四方純先生ですよね。先生はよくお越しになるんですか？」

博子はバッグに手を入れ、サイン会で買った四方の著書を取り出していた。

「そうそう。その方です。何度か著作を頂きました。もっともこちらにご用がある時になるから、年に一度あるかないか……でしょうか」

「あの、お聞きしたい事があるんです。いえ、別に大した事じゃなくて……」

四方が著書にサインする時に使っていた、あの万年筆について話す。

「オレンジ色の万年筆？」

「はい。全部がオレンジではなかったような気がするんですが……」

「クリップの形とか覚えてないですか？　何か特徴的なマークとか装飾が入っていたとか。それでメーカーが分かるんだけどなぁ」

一瞬、目にしただけだったし、四方と言葉を交わせて舞い上がっていたから、よく見ていた訳ではない。

「僕が調整させてもらった四方さんのペンの中には、そんな万年筆はなかった。うちで売った覚えもないから、きっと他所の店でお買い上げになったのでしょうね」

透馬は背後の棚から、カタログを抜き取った。

「胴軸にオレンジが使われた万年筆って、実はたくさんあるんです。有名なところだと、デルタ社のドルチェビータ。あとは、ペリカンのヴァイブラントオレンジとか……」

　万年筆の写真が目の前に広げられた。

「パイロットのカスタムヘリテイジ92にもオレンジがあったっけ。もう廃番になってるけど」

　透馬は頁を繰り、透明なオレンジ色の万年筆を指で差した。同じ色や形でも、質感が変わるだけで随分と印象が変わる。

「透明な軸ではなかったです」

「では、スケルトンは除外しましょう。あぁ、そうだ。素材だけでも分からないですか？漆とか蒔絵《まきえ》とか変わった素材だと、探しやすくなる」

「そんな変わったものではなかったと思います。それに、鮮やかなオレンジではなくて、もう少し深みのある色と言えばいいのか……」

　小説を書いているくせに、自分の語彙の貧相さが嫌になる。

「すみません。変な事を聞いて。もう、忘れて下さい」

　そして、急かすように桂木さんを立ち上がらせ、店を後にした。桂木さんは「書籍化の際には、見本をお送りしますから。宣伝、お願いします！」と店主と砂羽に言うのを忘れなかった。

「今度、弊社の創立五十周年のパーティーに参加しませんか？」

店を出た途端、桂木さんが驚くような事を言った。

「ええっ！　私、まだデビューしてないんですよ？」

「四方先生もお越しです」

その一言で、博子は黙った。

桂木さんは「上京して頂いて、そのついでに打ち合わせしましょう。編集長を紹介します」とか何とか言っていたが、もう耳に入ってこなかった。

また、四方に会えると思うと心が浮き立ち、夢見心地で歩いていた。

「だから至急、新しいプロットを送って下さい。どうせ、スイーツじゃなくて万年筆の話を書きたいんでしょう？　いいじゃないですか。私は賭けますよ。人生を変えてくれるというあの店に……」

桂木さんの言葉が、右から左へと通り過ぎて行った。

*

「遠いところを、どうもありがとうございます」

桂木さんに同行して現れた編集長は、博子よりは一回りは年上だろうか。着ているスーツはチャコールグレーのシングルだったが、あまり堅苦しく見えない。普段はポロシャツに綿パンで勤務している、そんな様子がうかがえる。

「神戸にある、万年筆店を舞台にしたお話を考えていらっしゃると、桂木から話は伺っています」

「カコヨモ」に掲載したようなライトな作品ではなく、もう少し年齢の高い読者をターゲットにした小説を新たに書き下ろす事になっていた。

「はい。店主が不思議な方で、万年筆を通して、まるでこちらの心の中を見透かすような言葉をかけてこられるんです。何でも、ペン先を見ると、相手が迷っていたり、悩んでいるのが分かるらしく……」

透馬から自分の仕事を言い当てられ、同時に背中を押してもらった経緯を話す。

斜め向かいに座った桂木さんは、「その通りです」と言いたげに、頷いている。

「万年筆の世界では、そういう話をよく耳にしますよ。『顔を見ただけで、その人に相応しい万年筆が分かる』と豪語する万年筆店の店主もいましたから。私もそのお店には、何人か作家を紹介しました。もう随分前の話ですけど……」

「凄いですね……。でも、今はもう、万年筆で手書きされる作家さんはいらっしゃらないですよね？」

「それがですね」と、編集長は神妙な顔をした。

「大御所の作家さんは、未だに手書きの方が多いです」

週に一度、自宅まで原稿を取りに行き、それをパソコンで清書するのは、新人編集者の仕事だと言う。

「万年筆が腕だとしたらインクは血で、だから手書きでないと熱気が伝わらない。そんな風に仰って、締め切りが近くなると上京され、ホテルに籠ってお書きになる方もいらっしゃいます。パソコンで作成したデータを、添付メールで送って頂ければ私共も楽なのですが、長いお付き合いですので……」

いつもは快活な桂木さんも、今日は大人しく上司の話を聞いている。

「万年筆と言えば、忘れられない思い出があるんです。僕がまだ二十代の頃の話です」

新卒で入社して、何年か週刊誌の編集部を経験した後、書籍編集部に異動した頃の出来事だったと言う。

「筆を折られてから、もう随分と時間が経っているのですが、まだご存命の方ですので、名前は勘弁してもらえますか。便宜上、A先生という事で……」

編集長は若かりし頃の思い出話を始めた。

「A先生は最盛期には、初版百万部を刷った売れっ子作家でした」

「百万部……」

　思わず復唱していた。

「本がよく売れた時代の話ですよ。今では、とてもじゃないけど考えられないです。そのA先生が、万年筆を誂えたいと仰って、同行した事がございます」

　そうやって二時間ほど話し、三人で出しあった意見やアイデアをまとめて、何とか書けそうなところまで詰めた。

「期待してますよ」

　編集長の声に、急に両肩に重い荷物を載せられた気がした。

「じゃ、後でパーティー会場でお会いしましょう。お会計しておきますから、まひろさんはゆっくりしてって下さい」

　伝票を手に、慌ただしく駆け出した桂木さんの背中を見送る。

　二人の姿が消えた途端、「はあー」と長く息を吐く。無意識のうちに、呼吸が浅くなっていたようだ。ズキズキと頭が痛みだしたから、遠くに目をやる。

　ホテルのスカイラウンジからは、まだ真昼のような明るさを保ったままの、夕刻の空が見えた。

　打ち合わせ中は気分が高揚し、ふわふわと楽しい気分だった。だが、それだけでは小説は完成しない。今から刊行に向けて、何百枚もの原稿を書く。それは編集者や他の誰にも手伝えない領域で、たった一人で行う孤独な作業となる。

そして、今回は好きな事を好きなように書くのではない。

商品になるものを書くのだ。

これまでに経験した事のないプレッシャーを感じてか、頭は冴えたままなのに、気分だけが下降してゆく。

――本当に、書けるんだろうか？

与えられた時間は、そう多くない。

だけど、このチャンスを摑みたかった。

博子が小説を書いているのは、両親はもちろん、会社の同僚や友人にも話していない秘密だ。

――仕事を辞めてフリーになったら、書く時間は確保できるかもしれない。

そんな考えが頭をもたげ、すぐに首を振った。

「今は本が売れない時代なんですから、お仕事は辞めないで下さい」と桂木さんからは釘を刺されていた。

――駄目、駄目。悪い事は考えない。とりあえず本でも読んで、落ち着こう。

パーティーが始まるまで、まだ時間があった。それまで、ここで本を読んで時間を潰そうと考えた。ずっと読む機会を逃していた四方の新作を、バッグに入れたままにしてある。

だが——。

バッグをまさぐっても、そこに入れていたはずの本が見つからない。

「ない、ない……。ないっ？」

「やだ、何処かで落としたみたい……」

へなへなと身体から力が抜ける。

せっかくサインしてもらった本を、失くしてしまった。

すっかり気落ちして、腑抜けになっていると、卓上に置いたスマホが鳴り出した。画面を見ると、見覚えのない番号だった。

——いたずら電話？

背もたれに身体を預けたまま、博子は「拒否」を押した。留守番電話を契約していないから、電話はすぐに切れた。

ホテルの大宴会場で開催されたパーティーは、中に入りきれない人が外に溢れ出すほどの盛況だった。ラッシュアワー並みの混雑から、目当ての人物を探すのは簡単ではないように思えたが、案外すぐに見つかった。

雛壇が置かれた前方に、グラスを片手に、取り巻きに囲まれる四方がいた。うっかり近づける雰囲気ではない。そこで、桂木さんに頼み込み、隙を見て引き合わせてもらった。

「やぁ、このあいだサイン会で会った人だね」

驚いた事に、四方はちゃんと覚えていてくれた。

「ここに来てるって事は、もう本が出たの？」

「……これから書くんです」

「どうしたの？　表情が暗いけど」

心配そうに、顔を覗き込まれる。

「私……。上手く書けるかどうか自信がなくて……」

「うん。僕も同じだ」

一瞬、聞き間違えたのかと思った。

「同じって……」

「新しい小説を書き始める時は、いつも気が重いんだ。ちゃんと書き終えられるんだろうかってね。そうやって、三十年やってきた」

戸惑う博子に、四方は笑顔で続けた。

「……で、どんな話なの？」

「万年筆の話です……。あ、先生が仰ってた神戸の万年筆店、パールストリートの近くにある〈メディコ・ペンナ〉ですよね？」

「その通り。いいでしょ？　あの店」

「店主が不思議な人ですよね。ミステリアスというか……」

闇に紛れる梟のような、グレイッシュな風貌を思い出す。

「不愛想な訳じゃないんですけど、何処か陰があって、気になります」

四方は「ふふっ」と意味ありげに笑った。

「駄目、駄目。冬木くんの事は……諦めた方がいいよ。君が傷つくだけだから」

どうやら、博子が透馬に惹かれていると思い違いしたようだ。

「別に、そんなんじゃありません。あの店を舞台に使わせてもらうだけです」

つい、ムキになって言い返す。

「へぇっ！　そいつは楽しみだね」

四方が身を乗り出し、その勢いでグラスの中身がこぼれた。

「でも、迷っていて」

「何で？　君が書かないなら、僕が書きたいぐらいだよ」

「指定された締め切りを守れるかどうか、自信がないんです」

「うーん。気持ちは分からないでもない……。僕も新人のうちは経験と自信が足りなくて、不安になったものだよ。けど、こればっかりはなぁ……」

「四方先生」

横から割り込んできた者がいた。

「こちらの方を先生にご紹介したいと思いまして……」

ソバージュヘアの女性が、若い男性を連れていた。自分が担当している作家を、四方に引き合わせにきた編集者だった。

「あぁ、どうも……。大丈夫。きっと何とかなる。自分の力を信じて、編集者にリミッターを外してもらいなさい」

ポケットから名刺入れを取り出しながら、顔だけは博子の方に向けたまま言う。

そして、博子に背を向けた四方は、若い男性作家と編集者を交えて談笑を始めた。

社交的なやり取りが行き交う場に、博子は一人放り出される。

まだ閉会には時間があったが、一人で賑やかな会場を後にした。

午後七時半。

外に出ると、頭上の空は紫色の紗をかけたように暗くなっていた。夜が地平あたりに僅かに残った太陽の光を侵食してゆき、相反するように街の光は刻一刻ときらめきを増す。

宿泊しているホテルへ戻る道すがら、スマホが鳴った。

「また……」

覚えのない番号からの着信だ。

――きっと間違い電話だわ。

名乗らずに、「かけ間違い」だけ指摘しよう。そう思って、画面をスワイプする。

『良かった！　やっと繫がった』

相手が砂羽だったから驚く。

「えっと、何で私の番号を知ってるの？」

〈メディコ・ペンナ〉では顧客カードに記入したが、電話番号は書かなかったはずだ。

『以前、通販で本を注文した時に、レターパックの届け主の所に携帯の電話番号が書かれていて、もしかしたらって……』

砂羽が、「驚かせてしまって、すみませんでした」と謝る。

『いきなり電話するのは失礼かと思ったんですけど、サインが入った本だし、お困りなんじゃないかと思って……』

「えっ！」

失くしたと思っていた四方純のサイン本は、〈メディコ・ペンナ〉に置き忘れていたらしい。

そして、「店長がまひろさんと話がしたいと言ってます。申し訳ありませんが、取りに来て頂く事は可能でしょうか？」と言った。

＊

透馬から差し出された四方のサイン本を、博子は抱き止めるように受け取った。

「ありがとうございます。失くしたと思って諦めてたんです。本当にありがとう」

透馬と砂羽に向かって何度も頭を下げると、砂羽が恐縮したように「いえ」と、一歩後じさりした。

「それより、謎が解けました。こちらを御覧下さい」

透馬が目の前にカタログを広げた。

「あなたが仰っていた万年筆って、これじゃないですか？」

開かれた頁には、胴軸が黒でキャップが琥珀色の万年筆の写真が掲載されていた。

「キャップを尻軸に挿して使っていたから、オレンジ色の万年筆に見えたんでしょうね。これはモンブランの作家シリーズの一つ、フリードリッヒ・シラーです」

「作家シリーズ……」

透馬が説明してくれた。

モンブランは有名な万年筆メーカーだが、定番品の他に幾つかの限定モデルシリーズを展開していた。歴史に名を残した偉人や芸術家、時代を代表する女優の名前を冠したシリーズがあり、その中の一つが、作家シリーズだと言う。

「第一号はヘミングウェイで、他にトルストイやシェイクスピアも作られている。特に一九九二年に発売されたヘミングウェイは、オークションでプレミアがつくほどの人気モデルなんですよ。定価八万円で二万本発売されたのが、オークションだと二十万円はする」

「二十万……」

途方もない世界だ。

「でも、何故分かったんですか？」

透馬は博子の手から、四方純の本を取り上げると、サインされた箇所を広げた。

「ここに書かれたLaufet, Brüder, eure Bahn, 和訳すると『兄弟よ、自らの道を進め』。これは、ベートーヴェンの『第九』の歌詞の一部なんです。そして、詩を書いたのがシラー。そこからピンときて……」

よく見ようと、カタログを手元に引き寄せる。

キャップは琥珀の装飾、金色のペン先にはウィリアム・テルの弓矢と、細かい所に細工がなされていた。

――自らの道を進め……。

胸がとくんと跳ねる。

これは、四方から一人の作家志望者への、はなむけの言葉なのだと、博子は理解した。

（自分の力を信じて）

信じなければ、この一歩を踏み出さなければ、何も始まらない。

「冬木さん」

博子の後ろから、四方が背中を押してくれているような気がした。

「この店の事、小説に登場させてもいいですか？」

「……いいも悪いも、書くって決めたんでしょ？」

自然に笑みが浮かんだ。

「僕の事、ちゃんとカッコ良く書いて下さいよ」

「あ、店長、ずるーい。まひろさん、私も登場させて下さいね」

店は朗らかな笑いに包まれた。

「ところで、書くにあたって、取材をする必要があります。冬木さん。まずは、この店の由来から聞かせて下さい」

「え？　そんな事まで書くの？」

怯んだように、身構える透馬。

「はい。住宅街の中に何故、こんな本格的な洋館が建っているのかとか……。あとは、冬木さんがどういう経緯で万年筆の調整士になったのかとか」

砂羽が手を上げる。

「はーい。私も知りたいです。店長ったら、私が聞いても絶対に教えてくれないんですよ」

「別に、聞いても面白くないから……」

「ほら。そうやって、すぐ誤魔化す。まひろさん。店長はね、私の年には、まさか自分が万年筆のお店をやるなんて考えてなかったらしいんです。どんな心境の変化があったか、知りたいですよね！」

女性二人ににじり寄られた透馬は、視線をさまよわせ始めた。

「……学生時代にここに出入りしていて、そのまま何となく……だよ」

「という事は、以前は別の人が〈メディコ・ペンナ〉を経営されてたんですよね？　何故、お店を任される事になったんですか？」

砂羽が鋭く切り込む。

「それも、何となく……だよ。気が付いたら、こうなってた」

「お店の経営権を譲るんですよ。そんな大切な事を、何となくって……」

透馬は引き出しから万年筆を取り出し、何かの作業を始めた。これ以上、話したくないようだ。

「それとも、ここは親族がやってらしたんですか？」

「そうじゃない。……だけど、そうとしか言いようがなくて。僕には……」

どうも歯切れが悪く、透馬らしくない。

「ところで……」

博子は咳払いをした。

「ある方にお聞きしたところ、冬木さんは随分と女性を泣かせているそうですね」

四方はそんな風に言ってはいなかった。ただ、思いを寄せても相手にされないと言われただけだが、あえて鎌を掛けてみる。

透馬はぎょっとしたように目を見開くと、急に落ち着きを無くした。

「……そうだ。今日は用があったんだ。すっかり忘れてた。今すぐに出なきゃ。砂羽ちゃん、後を頼む」

そして、慌ただしく出かける準備を始めると、そそくさと店を出て行った。

「怪しい」

「怪しいですよね」

砂羽と二人で顔を見合わせ頷き合った後、お腹を抱えて笑った。

第五話　魔法の万年筆

年明け

『就職が決まってない？　呆れた。四年間、大学で何をしてたの？　援助なんかできる訳ないじゃない！』

電話越しに聞こえてきた母の声が尖り始めたから、たまらず通話を切った。

折り返し電話がかかってきたのを拒否し、スマホの電源を切ると、布団に潜り込む。

頭が真っ白になり、心臓が激しく鼓動していた。

例年通り、年末年始には帰らなかった。ただ、今後の事だけは伝えておこうと、年賀状を出した。「卒業後も家に帰らずに、こちらで独り暮らしをする」と。そして、「お給料が少ないので、暫くは仕送りを続けて欲しい」と申し出た。

我ながらムシのいい事を言っていると思う。

その自覚があるから、どうしても口頭で伝えられず、文字で自分の気持ちを丁寧に綴ったのだが、だからと言ってそのままで終わるとは思っていなかった。案の定、母から電話がかかってきて、仕方なく就活を失敗したと言わざるを得なくなった。

——こちらの話や事情を聞いて欲しいなんて、お母さんに期待した私が馬鹿だった。

親の理解を得られない以上は、一刻も早く仕事を探さなくてはならない。

松の内を過ぎた頃から、砂羽は就活を再開した。大企業は別として、中小企業は一年中、新卒や中途採用の募集を行っているのだ。

何処からも内定が出ない学生がいるように、思うように人が集まらない企業というのはあって、今日、面接に行ったところも、そんな企業の一つだった。どんよりと古びた社屋に雑然とした事務所。衝立《ついたて》一枚隔てた向こう側が何かの資材置き場になっていて、暗澹たる気持ちになった。

面接担当者は低姿勢で、やたらと愛想が良かった。だが、リクルートスーツを着た砂羽を見るなり、従業員たちがヒソヒソと内緒話を始め、感じが悪かった。

たとえ採用されたとしても、あそこでは働きたくない。

もうすぐ期末試験が始まる。卒業が確定するのは、まだ少し先になるが、同級生達は卒業に向けて慌ただしく動いている。

内定した企業の研修に足繁く通う者、下宿を引き払って実家に戻った者、そんな次のステージへの準備が周りで着々と行われる中、砂羽の生活は変わり映えしない。昼前に起きて一人で遅い朝食をとり、動画を視聴したり、ゲームをしているうちに、たちまち夕飯の時間になる。

気が付けば、一年下の学生達のエントリーが一ケ月半後に開始される時期になっていた。

——卒業したら、実家に戻るしかないのかなぁ……。

透馬がバイトに入る時間を増やしてくれたが、それだけではとてもじゃないが自活できない。

あれこれ考えているうちに〈メディコ・ペンナ〉に到着していた。

「ふう、疲れた……」

開店準備をしながら、砂羽は呟いていた。

ドアに「オープン」の札をかけ、お客様を迎え入れる準備が整ったところで、ようやく透馬が寝ぼけ眼で階下に降りてきた。

「おはよう。砂羽ちゃん」

欠伸をしながら、奥のキッチンへと向かう。

階上を見た事はないのだが、一応、二階には生活できるスペースがあるようだ。簡単なキッチンとお手洗いは一階にあるが、風呂があるのかどうかは分からない。ただ、駅前にはサウナやスパがあるし、いざとなれば近所にはホテルもあるから、透馬も不自由を感じていないのだろう。

「ちょっと出かけて来る」

午前中に予約が入っていないのを良い事に、今から朝食を買いに行くと言う。

透馬のお気に入りは、南京町の近くにあるパン屋さんで、そこまで行くとなると、暫くは戻ってこない。「いってらっしゃい」と送り出す。

一人で店番をしながら、レターセットやカード類を整頓していると、表に車が停まり、続けてバタンとドアを閉める音がした。

入って来た客を見て、はっとする。

ひょろりとした長身の、スタイリッシュな男性だった。

初めて見る顔だが、予約して来たのではない、振りの客だった。

きちんとプレスした紺のジャケットに白いパンツ、つるが三本の細い金属で構成された、デザイン製の高い眼鏡をかけている。そして、手にはエルメスのオレンジ色の紙バッグを提げていた。

「ちょっと見てもらいたいんだけど。この万年筆……」

客の男性が、Ｈマークの入った紙バッグに目をやる。

「あ、只今、店主が不在でして。すぐに戻りますので、良かったらお座りになってお待ち頂けますか？」

「表に車を待たせているんだ。預けて行ってもいい？　これ、インクが出過ぎて書きづらいんだ」

「承りました。では、商品をお預かりいたします」

中から取り出されたのは白い化粧箱で、金文字で「Ｗａｔｅｒｍａｎ《ウォーターマン》」と書かれていた。

「お品物を改めさせて下さいね」

受け取った箱をテーブルに置いて、そっと開くと、中には目が覚めるようなブルーの箱が収められていた。

それだけで、高価な万年筆なのだと分かる。

廉価な万年筆は別だが、高級万年筆と呼ばれる商品、特に海外のものは大抵、大きめの化粧箱付きで販売されている。限定品ともなれば、定番よりも凝った箱が用意されていたりで、それを見る度に「大量の万年筆を保有している人は、箱の保管場所に困るんじゃないか」と、つい余計な心配をしてしまう。

箱など捨てれば良いと思うのだが、そういうものでもないらしい。将来、中古品として売る時に、箱があるのとないのとでは価格に差が出るそうだ。

ブルーの箱を開くと、箱の色と同じ光沢のある深いブルーの胴軸に、金色のキャップが美しい万年筆が現れた。キャップと尻軸の両端が丸くなっている、バランス型と呼ばれる形で、両端が平らになっているベスト型に比べてクラシックな印象がある。

キャップを閉じた状態では、普通のクラシックな万年筆に見えたが、外すとペン先と首軸が一体化した流線形のフォルムが現れる。

カタログを取り出し、「ウォーターマン」で引き、写真と照合してゆく。

「ウォーターマンのエドソンですね？」

「ん？　確か、そんな名前だったと思うけど」

急いでいるのか、男性がそわそわし始めた。

黒のクロコダイルのローファーが交互に床を踏み鳴らし、袖口に光る宝石のような時計を、何度も覗き込んでいる。「時間がない」と言い出さないうちに、預かり証に連絡先と名前を記載してもらう。

その間に、万年筆の写真を撮影する。後で「傷を付けられた」とクレームが入った時の為に、証拠として現状の写真を残しておくのである。

預かり証に書かれた住所は、県内でも随一のお屋敷街だ。

「お待たせしました。こちらが預かり証になります」

預かり証のうつしを渡し、ドアを開けて男性を見送る。

店の前には見た事もないような立派な車が横付けされていて、狭い路地を塞いでいた。運転手は男性の姿を認めると、車を降りてきて、さっと後部座席のドアを開く。

――本物のお金持ちだ……。

呆然としたまま、車を見送った。

「凄い車だなぁ。今の、うちの客？」

振り返ると、パン屋さんの袋を手にした透馬が戻ってくるところだった。行儀の悪い事に、買ったばかりのパンを食べながら歩いている。

「万年筆の調整を承りました」

「えぇっ、そうなの？　本人がいた方が、ペン先の調整はしやすいんだけどなぁ」

車は角を曲がり、エンジンの音を残して姿を消した。

「すぐに戻るとお伝えしたのですが、お急ぎだったみたいで……。でも、ペン先の調整をというより、インクの出が良過ぎるらしくて」

「そういう場合も、本人の筆記角度や筆圧が問題になったりするの」

ぶつぶつ言う透馬の後に続いて店内に入り、預かった万年筆を取り出した。

預かり証を見るまでもなく「エドソンだね。サファイアブルー、ウォーターマンの高級ラインの代表格だ」と言った。

「高いんですよね？」

「うん。今だったら、二十五万ぐらいで売られてるんじゃないかな」

「に、にじゅうごまん……」

「ウォーターマンは、現在の万年筆の礎を築いたメーカーなんだ。ある外交員の失敗が元でね……」

十九世紀後半、アメリカで保険外交員をしていたルイス・エドソン・ウォーターマンは、ある大口契約のサインをする場面で、ペンのインクが漏れて契約書に染みを作ってしまった。急いで新しい契約書を持って戻ると、ライバル会社に契約を取られた後だった。

「二度とこういう失敗をするまい。そう考えて、ウォーターマンは万年筆の改良を思い立ったんだ」

一八八四年。

ウォーターマンが世界で初めてインク漏れがなく、安心して使える万年筆を創った時に、万年筆の歴史が始まった。

「砂羽ちゃん。万年筆の仕組みって分かる？」

「中に入れたインクが、ペン先を伝って、文字が書けるようになるんですよね」

「そう。でも、ただインクタンクにペン先をくっつけただけじゃ、インクは流れ出す一方だ」

ガラスのコップに水を汲んでくるように言われる。

そこに、ぽとりとインクを落として色を付けると、ストローを差し入れる。

「ほら、ストローが自然に水を吸いこんだでしょ？　これ、ストローが細ければ細いほど高く吸い込んで、まわりの液面よりも高くなる。毛細管現象《もうさいかんげんしょう》と言うんだ。この現象を覚えておいて」

透馬は手近にあった万年筆を手にとると、胴軸からペンを引き抜いた。そして、ペンをバラバラにすると、二つのパーツを選び出した。

「金色の部分がペン先、こっちの黒い方、縦横に溝が彫られたのがペン芯。まず、ペン先から説明しようか」

　ペン先は長方形の上に三角形を載せたような、独特の形をしている。その三角形の底辺あたりに穴が開いている。その穴を示しながら、透馬は説明した。

「これをハート穴と言うんだ。で、ハート穴から三角形の頂点に向かって走るスリットが切り割り。この切り割りはインクの通り道で、このスリットを通ってインクは紙に辿り着くんだ。そして、紙に接するのは、先端についたペンポイントと呼ばれる球状のもので、ペンポイントの先端が紙に触れると、毛細管現象によって、ペンポイントまで伝わっていたインクが流れ出すんだよ」

　今度は黒いペン芯を手に取った。縦と横に溝が彫られているが、目を引くのはぎざぎざの櫛状に彫られた横溝だ。

「これが万年筆の心臓部だ。ペン芯は、インクが流れ出た分の空気をインクタンクに送る事で、ペン先までのインクの流れを一定にする。……大丈夫？　簡単に説明したつもりだけど」

　簡単と言うが、既に砂羽の頭はこんがらがっていた。

「えっと、外交員のウォーターマンさんが、自分の失敗を克服する為に、当時としては画期的だった毛細血管現象を利用したペンを開発した。そんなとこですよね？」

「随分と端折《はしょ》ったね」

透馬は苦笑いした。

「ま、いいや。その創業者のミドルネームを冠したのが、このエドソン。だから、この万年筆はウォーターマンの最高級品であり、ブランドの顔でもあるんだ。どれ……。インクが出過ぎる……と。筆圧をかけたせいで、切り割りが広がり過ぎてるのかな？」

透馬は作業台兼書斎机に座ると、まずはルーペを使ってペン先を確認した。

いや、正確にはペンポイントを見ている。

暫くルーペを覗いたり、試筆をしていた透馬だったが、やがて訝し気な顔をし、預かり証に書かれた名前を確認した。

そこには寺《てら》田《だ》怜《れい》人《と》とある。

「初めてお見えになる方だなぁ。どんな人？」

「ほっそりした、お洒落な感じの男性です。年齢は三十歳ぐらいの……」

透馬は顔をしかめた。

「これは、ちょっと難しいな。取りに来られた時、オーナーに試筆してもらいながら調整しよう。砂羽ちゃん。寺田様にはそうお伝えして」

そして、透馬はエドソンを箱にしまった。

＊

その三日後。

〈メディコ・ペンナ〉の前に車が横付けされた。

透馬は近付いてくるエンジン音に耳を澄ませていたのか、すぐに作業台から立ち上がり、表に目をやった。

怜人はこのあいだと同じようにめかし込んでいた。

一目でデザイナー物と分かるターコイズブルーのセットアップに、オレンジ色のシャツが目に鮮やかだった。

今日はタクシーでやって来た。この店には駐車場はなかったし、道幅も狭い。大きな車を長時間にわたって停めておく事はできないと悟ったようだ。

透馬は「どうぞ」と、書斎机の前の椅子を引きながら、怜人に「お飲物は如何ですか？」と勧めた。

砂羽がコーヒーを用意すると、怜人は「どうも」と言いながらカップを持ち上げた。

「お連れ様は外でお待ちですか？」

透馬の問いかけに、「いや、僕一人だけど」と答える怜人。

「ご本人様に来て頂くよう、お願いしたと思うんですが……」

透馬の言葉に、砂羽は戸惑っていた。言われるがまま、「細かい調整をいたしますので、必ずご本人様にお越し頂きたいと、店主が申しています」と伝えたし、実際にその本人が来ているのだ。

「だから、僕が来てるんじゃない」

怜人も首を傾げながら、左手に持ったカップを卓上に戻す。

透馬は続けた。

「いえ、この万年筆をお使いになっているご本人様にお越し頂きたかったんです」

怜人の動きが止まった。

透馬は卓上に置いた箱を開けて、エドソンを取り出した。

「失礼ですが、こちらの万年筆は寺田様ご自身がお使いになっているのではありませんよね？」

不愉快そうに顔をしかめる怜人を、砂羽はハラハラしながら見ていた。

「ちょっと、変な言いがかりはやめてよね。あぁ、もういい。難癖をつけられるぐらいだったら、他の店に持って行く。万年筆の調整士なんて、他に幾らでもいるんだ」

怜人が左手を伸ばした瞬間、透馬はさっとエドソンを手元に引き寄せた。

「このペンのオーナーは、右利きだと思われます」

伸ばした左手を、怜人ははっとしたように見ている。

「そして、かなり特徴のある使い方をされています」

ごくりと唾を呑み込む音がした。

「まず、利き手については簡単です。ペンポイントの減り方を見れば分かります。そして、お客様のオーダーは『インクが出過ぎる』という内容でした。インクが多く出る原因は、落としたりぶつけたりした時にペン先が曲がってしまったり、切り割り、このペンポイントに向かって走る筋を切り割りと言うんですが、ここが開いてしまう事が原因なんです」

ペン先のスリット状になった部分を指さす。

「筆圧が高い方がお使いになると、往々にしてこの切り割りが開いてしまうんです。ただし、あなたにとってこの万年筆が使いづらい原因は、他の所に理由があります。参考の為に、今日は同じものをご用意しました」

透馬は引き出しから、色違いのエドソンを取り出した。そして、おもむろにキャップを取ると、ルーペを使ってペン先を覗き、トレイに置いた。

「こちらは、うちのお客様からお借りしたエドソンのダイヤモンドブラックです。字幅はＦ、細字です。今、私がやったようにして、ペン先を御覧下さい」

トレイに載せられたルーペと万年筆を前に、怜人は躊躇っている。

「さあ、どうぞ」

促され、見様見真似でルーペを使うが、なかなか焦点を合わせられず、苦労している。それでも、何とか見る事ができたようだ。

「今、御覧になったペンポイントは、メーカー本来のものです。その形を覚えておいて下さい。そして、次に、あなたがお持ちになったエドソンのペン先を御覧になって下さい。持ち込まれてから、私は一切触っていません」

「……」

「どうです？　最初に御覧になったものと比べて、ペンポイントが長いでしょう？」

「だから、どうだって言うの？」

文句を言う怜人を、透馬は手で制した。

「今から説明いたします」

借り物の黒いエドソンを手に取ると、透馬は試筆紙に、とめ、はね、はらい、縦線、横線の全てが含まれている「永」の字を、細い線で書いて行く。

そして、次に怜人のエドソンに持ち替える。

字幅が太いのか、或いはインクの出が良過ぎるのか、マジックで書いたような太い「永」の字が、試筆紙の上に書き出された。

だが、次の瞬間、砂羽は目を疑った。

「ええぇっ！」

同じペン先が、黒いエドソンと同じぐらい細い線で「永」と書き出す。そして、次の瞬間、また極太の線が引き出される。

「な……」

怜人が声を上げた。

最後に、透馬は毛筆を使ったような「永」を、大きく紙の上に書き出した。

「寺田様がお持ちになったエドソンは、角度によって太さを変えられるようになっています。寝かせて書くと太く、立てると細くなります。このようなペン先は、ウォーターマンには存在しません」

卓上に置いたペン立てから、透馬は一本の黒い万年筆を抜き取った。キャップを取ると、ペン先に刻印されたイカリマークを指さす。

「セーラー万年筆に『長刀研ぎ』というペン先があります。セーラーのみが商品化しているペン先で、とめ、はね、はらいを美しく表現でき、筆で書いたような文字の再現が可能な、日本語を書くには理想的なペン先なんです」

そして、紙の上に先ほどと同じように、太字と細字で「永」と書いてみせる。怜人は口を開けたまま、試筆紙に書かれた文字を見つめている。

「万年筆はアルファベットの国で生まれました。欧文を書く分には、ペンポイントを丸く削るのが良いのですが、日本ではその文字に合った研ぎが生み出されます。しかし、熟練の職人の手技でしか作る事ができないと言われるほど、研ぎだすのが難しいんです。戦後の大量生産化によってオートメーション化が進み、職人が減少した一九六〇年代には、『長刀研ぎ』は廃れていきました。ですが、この技術を若い頃の記憶を頼りに、現代に再現させた方がいらしたんです。同社の職人・長原宣義《ながはらのぶよし》さんです。もしかしたら、このエドソンも長原さんご自身か、もしくは長原さんの影響を受けた調整士が手がけたものかもしれません。何故かと言うと……」

透馬は、今度はペン先が裏返しになるように、軸を持ち替えた。

「ああっ！」

怜人と砂羽は、同時に声を上げていた。

「こうすると、極細の線が書けるんです」

裏返しに紙の上に置かれたペン先から、今度は毛髪のような細い線が生まれ出た。

「但し、エドソンをこのように加工するには、ただ研磨するだけでは無理です。新たにペンポイント……イリジウム合金をペン先に付け直した上で、長く大きく研ぎ出すんです」

もう、怜人は言葉を発しなかった。

「ご存知なかったのですね……。無理もありません。形はウォーターマンのエドソンですが、全く別物といって良い万年筆になっているんですから。それでは何故、エドソンなのか？　何故、モンブランや他の軸では駄目だったのか？　私がオーナー様ご本人にお越し頂くようにお願いした理由は、そこにあります」

透馬は背後の本棚からカタログを引き抜き、ウォーターマンの頁を開く。そして、エドソンの写真に添付されたスペックを示す。

「エドソンは、かなり軸が重いんです」

カタログには、収納時と筆記時の長さの他に、重量が記載されていた。以前、透馬から見せてもらったモンブランのマイスターシュテュック１４９の36グラムに対して、エドソンは43グラムだった。

「なおかつ、エドソンは重いだけでなく、ペン軸が太いんです。太いペン軸は、特定の人達にとって握りやすくもあります。たとえば子供です。小さな子供に絵を描かせる時、細い色鉛筆ではなく、太いクレヨンを使いますよね。そういう視点でこのエドソンを観察しますと、細かい傷が多いのが目につきます。手元からデスクに落としたり、酷い場合は床にまで転がしてしまったのかもしれない。まさか、オーナーが小さなお子さんという事はないでしょうから、考えられる原因の一つとして、うまく万年筆が握れなかったのだと思われます」

「そんなの……、誰だって不注意で落とすじゃない」

食ってかかるように、怜人が言う。

「これは普通の万年筆ではありません。ちょっとした会社にお勤めする方の、一ケ月分のお給料に匹敵する価格帯の高級万年筆です。その上、わざわざ調整士に発注して、ペン先を特別な仕様にしてあります。通常、調整してまで書き味にこだわる方が、そのような乱暴な扱いはされない。それらを総合して考えたなら、この万年筆のオーナーは、手を上手く動かせない、つまり筆圧を上手くコントロールできない方だと思われます」

怜人はぐっと唇を噛みしめた。

「私も以前、ＡＬＳで握力がほとんどなくなったご高齢の方に、太くて重い万年筆をお勧めした事があります。その際には、ペン先を紙に置いた時点で、インクが出るように調整させて頂きました。このエドソンも、同じように調整されています。ですから、健康な方がお使いになると、どうしてもインクが出過ぎてしまう。よって、この万年筆は、特殊な事情から選ばれ、そんな事情を汲み取った調整士が特別に手を加えた物だと、私は判断しました。ゆえに、オーナーのお身体の状態を見て、注意深く調整しなければいけない。ですから、今日はこの万年筆の調整はできません」

「……」

「お客様がどういうお考えで、この万年筆をお持ちになったのかは分かりません。最初はオーナーの代理でお見えになったのかとも考えました。ですが、あなたの様子を見ている限りでは、そうではなさそうです。よろしければ、事情を話して頂けますでしょうか？」

ふいに怜人の肩から力が抜けた。

「分かったよ。そこまでお見通しなんだったら、本当の事を話すよ」

そして、咳払いをした。

「持ち主は、もう……この世にはいない。それは、亡くなった親父の持ち物だったから」

「それは、残念でしたね。いつ、お亡くなりになったんですか？」

「ん……、一年になるかな……。一年経って、僕もようやく遺品を整理する気力が湧いてきたんだ」

「その間、この万年筆は何処に？」

「何処って……。親父の部屋に置いたままだったよ」

透馬は溜め息をついた。

「どうしても、本当の事を仰って頂けないようですね」

「おいおい……。まだ、僕が嘘をついてるって言うのかい？」

「この万年筆にはインクが入っていました。インクが入ったまま、一年も筆記せずに置いておけば、中でインクが固まってしまいます。ですが、そのような兆候はないし、あなたは『インクが出過ぎる』と仰った。矛盾しますよね？」

「……」

「そういう訳で、やはり調整する訳には参りません。どうか、このままお持ち帰り下さい」

*

「一体、どんな方なんでしょうね。あの万年筆をお使いになっていたのは……」

結局、エドソンは調整されないまま、寺田怜人のもとへ返された。

「そうねえ。書く事に対して、かなりこだわりのある方だと思う。単に字が書ければいいだけだったら、あんな加工をしなくて良いもの」

「ですよね……。万年筆を握れなくたって、今はパソコンがありますものね。握力のない人には、キーボードを叩く方が楽ですし……」

　透馬は腕を持ち上げ、伸びをした。

「今日は予約も入ってないし、もう店を閉めよう。仕事が溜まっちゃって……」

　さすがの透馬も怜人とのやり取りで疲れたのか、砂羽が帰り支度をして店を出る時、書斎机の上で突っ伏していた。

　――さあ、どうしよう。

　急に時間ができたので、駅前でぶらぶらする事にした。

　元町映画館とシネ・リーブル神戸で上映中の映画をチェックしたが、興味を惹かれるものはなかった。

　まひろさんに勧められていた四方純の本を、ずっと買いそびれていたのを思い出す。そこで、三宮センター街のJ書店へと足を向ける。

「あ……」

二階の文芸コーナーで買物をしたついでに、三階のＮ文具センターの万年筆コーナーを覗くと、ターコイズブルーのデザイナーズスーツが目に飛び込んできた。

寺田怜人だ。

見付からないように、そっと店を出ようとしたのに、ちょうど振り返った怜人と目が合ってしまい、咄嗟に会釈してしまった。

――うわー、私の馬鹿！

だが、怜人はこちらが誰だか分からないようで、首を傾げている。

「えーっと、何処かで会ったっけ？」

しょうがないから、「寺田様、先ほどはご来店ありがとうございました」と挨拶する。

その途端、怜人は不機嫌な表情になる。

「あの感じの悪い店の店員か……。で、僕に何か用？　まだ何か文句あるの？」

「いえ……」

「だったら、何なの？」

「本を買いにきただけです」

怜人は、砂羽が手にした文庫本に目をやった。カバーにＪ書店のロゴが入っている。

「ちょっと見せて」と言うと、返事も待たずに砂羽の手から文庫本を取り上げ、勝手に頁を開いた。

「えぇっ！　四方純？　君、若いのに、こんな『生きた化石』みたいな作家の本を読むんだ」

「生きた化石って、どういう意味ですか？」

「三十年前から作風が全く変わってない。おかげで、何を読んでも同じ印象だ。目新しさもない。ファンに甘えてる作家だよ」

　随分な言い方だと思った。

「もっと新しい作家の本を読めば？」と言うから、「まひろ汀先生をご存知ですか？」と聞いてみる。

「誰、それ？」

「今度、デビューされるんです。『カコヨモ』にアップされた小説を読んだ編集者にスカウトされて」

　怜人は「はん」と、鼻で笑った。

「それって、素人の投稿サイトの事だろ？　最近の若い読者はプロが手をかけて書いた小説より、ああいう所でタダで読める、未成熟な小説を好むんだ。読み手のレベルが低いんだよね。ま、あんなの読む気もしないけどさ」

「な……」

読みもしないで、何故、程度が低いなどと言えるのか？

「寺田さまー。お待たせいたしました」

店員が品物を手に現れた。

「ご確認下さい」

何気なく目をやると、原稿用紙だった。

「クリーム地に緑、お名前の書体は行書体《ぎょうしょたい》でよろしかったでしょうか」

「うん、うん。いいから、早く包んじゃって」

怜人は煩そうに手を振った。

「君、時間ある？　ちょっと付き合ってよ。僕、喉が渇いたんだけど、一人でお茶飲んでもつまんないから……」

何？　この人。

だが、好奇心が勝った。

「……私で良ければ」

「近くでいいよね」

　新装オープンしたモロゾフ神戸本店では、ショーウインドウ越しにチョコレートの滝を見る事ができる。少し待たされた後で案内されたテーブルの隣では、年配の女性二人がワッフルとプリンが載ったプレートを前に、機関銃のようにお喋りしていた。

「僕は……『マスカルポーネクリームとミックスベリーのデザートワッフル』のセットを。あ、コーヒーね。あとはプリン」

　羨ましい事に、ダイエットしなくても良い体質らしい。

　自分から誘ったくせに、怜人は砂羽を無視してスマホに目を落としている。

「すみません。ちょっとお尋ねしてもいいですか？　寺田様」

「その『寺田さま』って呼び方やめて。気持ち悪い」

「では、何とお呼びすれば……」

「怜人でいいよ。怜人で」

　意外とカジュアルな人のようだ。

「では、怜人さん。怜人さんのお父様って、どんな方だったんですか？」

　我ながら不躾だと思ったが、向こうから誘ってきたのだから、これぐらいは聞いてもいいだろう。

「あの店主の言う通りさ。親父は二十年ほど前、急に手の麻痺が出て、それがゆっくりと全身に広がって行くという難病を患ったんだ。今じゃ車椅子生活で、ついこのあいだ施設に入った」

「生きてらっしゃるんですか？　亡くなったと説明してらしたのに！」

思わず大声を出していた。

「別にどっちでもいいじゃない。説明するのが面倒だったから、死んだ事にしたんだ」

その言い草に呆れる。いくら肉親とは言え、勝手に死なせるのはあんまりではないか？おまけに、父親が施設に入ったのを良い事に、高価な万年筆を勝手に持ち出しているのだ。

「ねぇ、君とこの店主、おかしくない？　黙って客に言われた通りにすればいいのにさ」

透馬は言わずにはおられなかったのだろう。恐らく。

「君、あの店主とどういう関係？　もしかして親子……って程、年は離れてないか。年の離れた兄妹？」

「私は、ただのバイトです」

「よく、あんな店主の下で働けるよね。信じられないよ。それとも店主に惚れてるとか？」

茶化すような態度に、ついムキになっていた。

「そんなんじゃありません。たまたま通りがかった文具イベントに店主が出店していて、『万年筆よろず相談』と看板に書かれてたのに興味を惹かれて、後で友達と一緒にお店に行ったんです。ちょうど就活で悩んでいた頃で……」

「学生なんだ……」

ニヤニヤと笑うのが、感じが悪い。

その時、二人分のプリンとコーヒーが先に運ばれてきた。

皿には派手な飾りなどなく、プリンの脇にジェラートと生クリームが添えてあるだけだが、定番の安心感がある。

滑らかな舌触りを味わうように、怜人はゆっくりとスプーンを動かしている。

「で、就活は成功したの？」

「一緒に相談に乗ってもらった友達はすぐに就職が決まったんですけど、私は……」

透馬がスプーンを置いた。

「君さぁ、あんな店で働いている閑があるんなら、親から仕送りしてもらえるうちに、ちゃんとした就職先を探した方がいいんじゃないの？」

胸がどくんと波打った。

喉がからからに渇いてゆき、怒りで目の前が真っ赤になった気がした。

確かに、それは正論だった。透馬や美海に言われたのであれば、砂羽は素直に頷いただろう。だが、相手は友人でも知人でもない、通りすがりの他人だ。一体、自分の何を知っているというのか？

「分かってますよ。そんな事。周りは皆、居場所を決めてから卒業するんです。私だけ、私だけ次の場所が決まっていない。不安で、眠れなくなる事も……」

言いながら目頭が熱くなったが、泣くまいと俯いた。この人に涙を流すのを見られたくなかった。

怜人は「ふんっ」と鼻を鳴らした。

「……で、君も御利益に期待してるって訳？　かかわった人間が皆、人生が変わると言われている店で……」

「お待たせしました」と頭上で声がした。

伏せた視線の先に、「マスカルポーネクリームとミックスベリーのデザートワッフル」が置かれた。

「生まれ持った運ってあるんだよ。だから、僕は誰かが僕の人生を変えてくれるなんて期待してない。君も人には期待しない方がいいぜ」

そう呟くと、怜人はむしゃむしゃとワッフルを頬張り始めた。

「……帰ります」

「あはっ、もしかして気分を害した？　僕、嘘がつけないんだよね」

すっと立ち上がると、砂羽は伝票を手に取った。

「何なの？　奢るよ。詫び料」

「結構です。あなたに奢って頂く理由がありませんから」

そして、後ろを振り向かずにレジへと向かった。

＊

その日は、朝からそわそわしていた。

予約票に、橋口博子の名が書かれていたからだ。

「こんにちは。すっかりご無沙汰しちゃって」

まひろさんは一人でやって来た。そして、透馬に向かって親し気に挨拶をした。

「その節はお世話になりました」

まだ発売前の本が、そっと差し出された。

「どうしても自分でお渡ししたくて……。あ、こちらは砂羽ちゃんの分」

それまで隅で控えていた砂羽だったが、我慢できずに駆け寄った。手にとった本の表紙には、細字の万年筆のような筆致で『ペンの交差点』とタイトルが書かれている。

「ありがとうございます！　そのう……、後でサインを頂いてもよろしいでしょうか？」

「え、いいの？　せっかくの本を汚しちゃって」

「汚すだなんて……。是非、是非」

「お待たせしました」

一旦、バックヤードに引っ込んでいた透馬が、箱を手に姿を現した。

「こちらがご希望されていた品物です。どうか御覧になって下さい」

「あ、それ……」

透馬が手にしていたのは、いつぞや池谷さんが持ってきたアウロラのオセアニアだった。

――まひろさんだったんだ。この万年筆を希望されたのって……。

きっとプロデビューした自分へのご褒美なのだ。

ケースから取り出されたオセアニアは、やはり綺麗だった。

「すみません。本当はすぐにでも引き取らなければいけなかったのに、本が出るまで待って頂いて……」

「構わないですよ。それより、個体によって柄の出方が違いますので、気に入らなければ遠慮なく仰って下さい。幾つかご用意できると良かったんですが……」

　トレイに載せたオセアニアを、まひろさんはそっと取り上げた。そして、胴軸をぐるりと一周させて見た後、笑顔になった。

「これに決めます」

　万年筆を購入するついでにインクを選び、そのまま調整される運びとなった。

　まひろさんは、同じアウロラから発売されている、ブルーブラックのインクを選んだ。

　調整は最小限にとどめて、「実際に使ってみて違和感があれば、再調整しましょう」と、透馬が言った。

「コーヒー、如何ですか？」

「あ、いただきます」

「ミルク入りでしたよね？」

　カップを取り出し、コーヒーを淹れる準備をしていると、誰かが入ってきた。

　多和田さんだった。

「いらっしゃいませ」

　透馬と喋りたくて、ふらりと訪れたらしい。接客中と見るや、多和田さんはコーヒーを所望した。

「ストロングで」と。

「かしこまりました」

その時、多和田さんがテーブルに置いたチラシに目が行った。黒い背景をバックに、黒い衣装を着た男性が羽根ペンを手にしている。そこにタイトルが被さっていた。

「魔法の……万年筆？」

砂羽が思わず呟いた言葉を、まひろさんが聞いていたようだ。ぱっとこちらを振り向いた。

「それってお芝居なのよ。登場人物が全員、万年筆メーカーの名前を付けられている」

多和田さんが顔をほころばせた。

「よくご存知で」

「上演されたのは、もう随分と前で……。懐かしいです」

まひろさんは、主役を演じたタレントのファンだと言う。

「今日は話のネタに持ってきたんだけど、嬉しいなぁ。知ってる人がいて……」

多和田さんは、その芝居のあらすじを説明してくれた。

舞台は一九二〇年代のニューヨーク。作家志望の青年が「僕が書けないのは才能のせいじゃない！　ペンが悪いんだ！」と叫んだ。良い作品を書くには、まずは良い万年筆をという結論に達した。

「主人公の名がパーカー・デュオフォールドで、友人がウォーターマン。パーカーの恋人がデルタで、自分の娘・セーラーとの見合い話を持ち掛けてくる小説界の大御所がモンブラン。それだけで、くすっと笑えますよね」

　作業しながらも聞き耳を立てていたらしく、透馬が頷いた。

「で、パーカーは安くて質のいい万年筆を買い求め、その万年筆で書いた小説は次から次へとヒットを飛ばした。大流行作家になったパーカーは恋人を捨てて、セーラーと結婚、モンブランの死によって、莫大な財産まで手に入れる」

　だが、その頃には、パーカーは魔法の万年筆を失くしてしまっていた。そして、それを口実に小説を書かなくなり、わがまま放題な生活を送るようになっていた。

「ところが、ひょんな事からセーラーの兄パイロットが魔法の万年筆を手に入れた。パイロットは突然、父親譲りの才能を発揮して、それまでくすぶっていたのが嘘のように、傑作を連発するんだ。要約すると、恋人を捨てた売れっ子作家が、スランプに陥って、やがて周囲に裏切られて死んでいくという、自業自得とも言える話ですね」

「そんな便利な万年筆があったら、私も手に入れたいですよ」

「あ、もしかして」

まひろさんの言葉に多和田さんが反応した。

「失礼ですが、小説をお書きになっているんですか？」

「デビューしたての卵ですが」

多和田さんは、透馬が調整を終えた万年筆に目をやった。

「オセアニアですね。大陸シリーズの、最も新しい……。二〇一四年発売の限定品だ。定番のオプティマのバーガンディと一緒にすると、綺麗ですよ」

「そんな……。両方揃えたら、大変な事になります」

まひろさんが驚いたように、手を振った。

「それより、物凄くお詳しいんですね。私は万年筆初心者で……」

「初心者で、いきなりアウロラですか？」

今度は多和田さんが驚く番だった。

「生意気ですよね？　免許取り立てで輸入車に乗るみたいな」

「いやぁ、妥協する事はありません。気に入った万年筆を購入されるのが一番ですよ」

随分と打ち解けた様子で話しているから、砂羽は遠慮して後ろに下がった。

「砂羽ちゃん、昼休みは何時から？」

突然、多和田さんに呼びかけられる。

「これも何かのご縁だから、こちらの方に出版祝いと洒落込んで、ランチをご馳走したくて。で、一緒にどうかな……と」

多和田さんはどうやら、小説家のお仕事に興味をそそられたらしい。いや、もしかしたらまひろさん自身にかもしれない。

「今から行っていいよ」と透馬が言ってくれたので、ご厚意に甘える事にした。

多和田さんが案内してくれたのは、近くのホテルのレストランだった。

「こういうとこ、なかなか野郎一人じゃ入りづらくて。いつもは安くて美味い中華料理店が専門なんですよ」

案内されたパティオには、サンルームのようなガラス屋根から太陽の光が降り注ぎ、明るく開放感があった。ちょうど、同窓会か何かで集まったらしい女性グループがいて、お店の人に写真を撮影してもらっている。

「僕にとって冬木さんは、人生を変えてくれた恩人なんだ」

多和田さんが、透馬に研いでもらった道具を使うようになってから仕事が軌道に乗ったと言うと、まひろさんも同意した。私も、あの店と出会ってなかったら、夢をかなえられなかっただろうと。

クリエイター同士だからか、二人の会話はぴったりと息が合っていた。もしかしたら、この二人は恋愛関係に発展するかもしれない。そんな予感がした。

――美海ちゃんが見たら、羨ましがりそう……。

就活には成功した彼女だったが、恋愛の神様はまだ微笑まない。

いや、相手はあの池谷さん、女性より万年筆を愛している人だから、なかなか進展しないだろう。何せ万年筆を売り込むのが仕事なのに、自分のお給料のほとんどを万年筆代につぎ込んでいるのだ。余程、趣味が合うか、理解のある女性でないと、お付き合いするのは難しい気がする。

――でも、気になる男性がいるだけでも羨ましい。私にも、何かいい事が起こらないかなぁ。

楽しそうに語り合う二人を眺めながら、そんなどうしようもない事を考えていた。

やがて、料理が運ばれてきて、二人の会話も中断した。

前菜は豪華で、パテや茹でた野菜、パン、具沢山のスープがテーブルにずらりと並ぶ。

暫し無言でナイフとフォークを動かした。

「あのぅ、お二人とも、うちの店にお見えになってから、人生が好転されたんですよね？それって、どんなタイミングで幸運が舞い込んできたんでしょうか？」

訝し気な顔をされたから、卒業後の進路が決まっていないと告げる。

それまで盛り上がっていた二人はしんとしてしまった。

気まずい沈黙にいたたまれなくなり、砂羽は続けた。

「いつも筆記試験は成績いいんです。ＳＰＩも……。でも、最近になって段々と分かってきたんです。私、どうしてもその企業で働きたいと思ってなくて……。そもそも、企業で働きたいと思ってるのかどうかも自分では分からなくて……。幼稚というか、子供なんです。向こうもそれが分かるんでしょうね。だから、いつも面接で落とされるのかも……」

それが自分なりに出した回答だった。

「甘えてますよね。私……」

「まだ、時期が来てないのかもしれないね」

それまで黙って話を聞いていた多和田さんが、静かに言った。

「時期……ですか？」

「うん。機が熟していないんだと思う。早熟な人もいれば、ゆっくり大人になる人もいるでしょ？」

多和田さんに同意するように、まひろさんが頷いた。

「私なんか、未だに子供かも」

おどけたように、手の平を天に向けて開いて見せた。

「でも、やっぱり何とかしなきゃね。この半年の経験を生かして、ステーショナリーの販売の仕事とか、文具メーカーとかは駄目なの？　池谷さんには頼んでみた？」

「フカミ貿易さんは、新卒採用とか定期採用は行ってないんですって」

「そうなんだ……」

まひろさんは申し訳なさそうに、肩をすくめた。

「一度、文芸サークル仲間に声かけてみる。学校の先生とかフリーライター、主婦なんかが多くて、力になれるかどうか分からないけど」

「い、いえっ！　そんなつもりじゃ……」

慌てて手を振る。

だが、自分の状況を思い出し、すぐにテーブルに頭がつきそうなぐらい、頭を下げる。

「ありがとうございます。もし、私でもお役に立てるような仕事がありましたら、声かけて下さい」

もうすぐ三月で、次年度の就活がスタートする。

そこから採用試験を受けるとなると、砂羽は第二新卒扱いになる。九ケ月間、万年筆店でバイトしていたという経験だけで、内定を勝ち取れるほど甘くはない。

そして、仮に内定をもらえたとしても、その後の一年はどうやって生活するのか？　卒業すれば実家からの援助は打ち切られる。

「すみません。せっかくのお祝いなのに、こんな話……。いざとなったら、バイトをかけもちします」

「気にしないで。実は私も担当編集者から、早く次の原稿を書くように言われててメゲてたとこなの。苦労してやっと書いたのに、またイチから始めるのかって……」

「やっぱり大変なんですか？　小説を書くのって……」

「う……ん、仕事となると……ね」

まひろさんは溜め息をついた。

「次々と新しい小説を書く為には、勉強したり、ネタを探したり、アイデアをひねり出したり……。書く以外のところで努力も必要なのよね」

「あのぅ……」

多和田さんが遠慮がちに口を挟んだ。

「アイデアとかって、どういう時に思い浮かぶんですか？　取材をしてる時？　それとも、机でうんうん唸っていると降りてくるとか？」

「ケースバイケースですね。今回の『ペンの交差点』は、版元さんに随分と助けて頂きました。今は皆、パソコンで小説を書きますが、やはり手書きにこだわる作家もいらして……。そんな話から、色々とアイデアをお借りしました。この話、シリーズ化されるので、皆さんも何か万年筆に関する面白い話を知ってたら、教えて下さいね」

「任せて下さい。……あ、良かったら連絡先を交換しませんか？　何か思いついたらメールしたいんで……」

上手い事を言って、多和田さんはまひろさんのメルアドをゲットした。

「あの、私、ちょっと気になってる話があるんです」

砂羽は怜人に纏《まつ》わる騒動を二人に話して聞かせた。もちろん詳細は伏せて、他人の万年筆を、自分の物だと偽って持ち込んだとだけ説明する。

「それって万年筆は口実で、実はその人も自分を変えたかったんじゃないのかな……」

多和田さんの言葉に、まひろさんも同意した。

「そうそう。砂羽ちゃんの手前、強がってるけど」

迂闊だった。

父親の、それも高価な万年筆を持ち出した事ばかりに気を取られ、そこまで考えが及ばなかった。

（……で、君も御利益に期待してるって訳？　かかわった人間が皆、人生が変わると言

われている店で……〉

怜人は〈メディコ・ペンナ〉の別の顔を知っているような節があった。ただ万年筆を売買したり、修理するだけではないという事を。

だとしたら、自分自身の何を変えたかったのだろうか？

休憩時間も残り僅かとなっていた。「デザートはどうか？」と聞かれたが、お邪魔虫にならないように先に席を立ち、砂羽は一人で店に戻った。

表にライトバンが停まっていた。

中では、作業着を羽織った男性が一人、運び込んだ何かを設置しているところだった。そう言えば、今朝は出勤した時に珍しく透馬が起きていて、机の周りを片付けていた。それも何だか嬉しそうに。

「気に入ってもらえると思うよ。自信作なんだ」

どうやら新しい研磨用グラインダーらしい。今、使っているのは分厚い鉄の板を組み合わせた、万力のような無骨な作りだが、新しい方はスタイリッシュなステンレス製で、ずっと見栄えがする。

スイッチが入れられる。

古い物とは比べ物にならないぐらい、音が静かだ。

「声を張り上げなくても会話ができるから、接客も楽でしょ？」

「いいですね。これなら出張調整に持って行っても、顰蹙《ひんしゅく》を買わずに済む。ありがとうございます。ミキさん」

入口付近に立ったままの砂羽に気付くと、透馬がお茶を用意するように言った。

「いいよ。忙しいんだから、お気遣いなく」

その時、振り返った作業服の男性と目が合う。

「え、社長？」

聞き覚えのある、特徴のある声だと気にはなっていたが、まさか――。

「紹介しておくよ。その方は並木さん。僕らはミキさんって呼んでるけど……」

「よろしくね」

学生バイトを相手に、折り目正しく頭を下げる男性を見るうち、「その節は、ありがとうございました」と言っていた。

「私……、以前、御社の採用試験を受けました野並砂羽です。社長には会社説明と筆記試験、面接までして頂きました」

最初はぽかんとしていた社長も、砂羽の顔を見るうちに思い出してくれたらしい。

「あ、あーあー。もしかして、あの立派な万年筆を持ってた学生さん？」

意外なところで接点があり、人の縁に驚く。

「やっぱり万年筆が好きだったんだねぇ。まさかここで働いてたとは思わなかったけど」

当時は好きでも何でもなかった。ただ、両親から贈られたもので、透馬に勧められて渋々使ってみただけだ。

――あれを使ったからって、何も良い事はなかったし。

その後、透馬に頼んで買い手を見つけてもらい、結構な収入となった。そのお金は今後の生活費の足しになる予定だ。

そんな砂羽の気も知らず、社長はにこにこと笑っている。

「で、大学を卒業したら、ここで働く事になってるの?」

「いえ、こちらではアルバイトさせてもらっているだけで……」

「そっか」

それ以上の事は聞かれなかったので、一礼してバックヤードに下がる。

ロッカーに荷物を入れ、髪を直していると、透馬が社長を送り出す声に続いて、車のエンジンをかける音がした。

身支度を整えて戻ると、透馬は早速、新しいグラインダーで仕事を始めていた。

「砂羽ちゃん、ミキさんと知り合いだったんだ」

音が静かで振動もないせいか、珍しく作業しながら話しかけてきた。

「確か、自分の好きな物とか、やりたい事を考えろって言われたんだっけ？　それって、並木工業さんだったの？　ミキさんらしいなぁ」

　スイッチが切られ、回転していた砥石がその速度を落とす。

　透馬は社長との馴れ初めを話し出した。

〈メディコ・ペンナ〉の常連さんにグラインダー製作の相談をしたところ、紹介されたのが並木工業株式会社だったと。

「まだ先代が現役だったから、当時のミキさんは社長ではなく専務だった。他にないオリジナルな製品だからと、試作品を作るに当たって、大量に購入した中古の安い万年筆を実験台にして、僕が考えていた以上のものを作ってくれたんだ。今回は、さらに音が静かで軽量なものをとリクエストしたら、見事に応えてくれた。肩書きは社長だけど、中身は工作好きの小学生だよ」

　祖父の工場に入り込んで、勝手に機械を動かしては色んな物を切り刻んでいたという、社長の子供時代の話を思い出した。子供の頃から変わらない趣味があり、それがそのまま仕事に繋がっているのを羨ましく思った。

「店長も子供の頃から、万年筆に興味があったんですか？」

「まさか。普通の子供は、もっと分かりやすくて、刺激的なものに夢中になるでしょ。カードとかゲームみたいな」

そう言って、肩をすくめる。

「僕が子供の頃は超能力ブームで、未来を予測したり、普通の人に視えない物を視て難事件を解決するような超能力者が、メディアに登場していたんだ。学校でスプーン曲げが流行ったりして、僕も本気で超能力者になりたいって考えた時期があった。修行と称して好物を食べずに我慢したり、滝行を真似て真冬に水浴びしたり、そのせいで具合が悪くなったりしてたよ。今から考えると馬鹿だよね。すぐに才能がないのを悟って、やめたけど」

風呂場で水を浴びる子供時代の透馬を想像して、ぷっと噴き出していた。

「そんなの、本気で信じてたんですか?」

サンタクロースがいると信じているような、純粋な子供だったのかもしれない。

「本物かどうかはともかく、ああいう人達の存在は、時に希望や癒しになるんだ。深い悲しみの底にいる人や、救われない中で苦しんでいる人達にとっては……」

透馬の目に陰りが差す。

「だから、金儲けの道具にされたり、過激な団体が出てきたりして、テレビでは扱われなくなった」

「人生を変える万年筆店」は、実は「不思議な力を使って、人々を救いたい」という、そんな子供らしい正義感から生まれたのかもしれない。

ふと視線を泳がせると、店の前に多和田さんとまひろさんが立っていた。砂羽が会釈すると、二人揃って手を振り返し、店には入らずに歩き出す。

これから何処かのカフェに移動して、お喋りの続きを楽しむのだろう。

「あの二人を引き合わせたのも、万年筆の力ですか？　それとも……」

——店長の超能力ですか？

透馬はもう、作業に没頭していた。

その日は自宅に戻った後、夕飯を簡単に済ませ、さっさと風呂に入ったものの、ずっとそわそわしていた。

——まだ発売前の、まひろさんの小説……。

それを手にしている事に、まだ現実感が伴わない。

ベッドのヘッドボードにクッションを重ね、そこに凭れかかるようにして『ペンの交差点』を開く。出来立てほやほやの本は、紙とインクの香りがするようだ。

*

怜人はキャメルのコートを羽織っていた。柔らかそうな素材で、いかにも高価な物に見えた。軽快な足取りでアプローチを歩いてきたが、門扉の隙間から中を覗いている砂羽に気付くと、ぎょっとしたように目を見開いた。

「あぁ、驚いた。何で、君がここにいるの？」

警戒しながらも、ゆっくり近付いてくる。

「すぐに帰ります。ただ、一言お伝えしたい事があります。……怜人さん。『魔法の万年筆』なんて、存在しないんです」

「は？」

「ここに、あなたのお父様の事が書かれています」

『ペンの交差点』、つまりまひろさんのデビュー作を目の前にかざす。

「ある小説家が、不自由な手でも原稿を書けるように、調整士のもとを訪ねて特別な万年筆を誂える話です」

　そこには病魔に冒されたせいで握力を失い、上手く手が使えなくなった高名な小説家が登場する。

「まひろさんによると、そのエピソードは犀星堂の編集長がお若い頃に、実際に体験された話がもとになってるんです」

　怜人は顔をそむけた。

「この小説家って、怜人さんのお父様じゃありませんか？」

　作中には、思うように動かない手で万年筆を握り、血が滲む思いで原稿を書く作家の姿が、端正な筆致で描かれている。

　症状は急速に悪化したかと思うと、暫く小康状態が続き、ゆっくりと真綿で首を絞めるように、作家を蝕んで行った。

　時代はワープロソフトが普及した頃だが、作家は頑として受け付けず、万年筆で書く事にこだわった。「物語は頭と紙の間に存在し、その仲介をするのが万年筆なのだ」と言って。

　そこで、担当編集者が調整士のもとを訪れ、作家の病状に合わせてペン先を誂えさせる。だが、気難しい作家は、なかなか気に入らない。何度も作り直しを命じられた末に、調整士はついに重くて太い軸に、日本語が美しく書けるペン先を取り付ける事に成功する。

調整士の試行錯誤と、作家の病状の進行、原稿の進捗状況が並行して描かれ、理想の万年筆で大作を完成させたシーンは、じわっと胸に込み上げてくるものがあった。

それは、「カコヨモ」に掲載された作品とは別物と言うぐらい、読み応えのある小説となっていた。プロとして仕事を始める事で、作品はここまで変わるのかと、ファンの贔屓目を差し引いても、目を瞠る出来映えだった。

「教えて下さい。怜人さん。もしかして怜人さんも、小説をお書きになってるんじゃありませんか？　お父様と同じように、万年筆で……」

そうでなければ、わざわざ名前の入った原稿用紙など注文しないだろう。

「そして、お父様と同じようになりたいと、万年筆を持ち出し……」

多和田さんの声が脳裏に響く。

（……ところが、ひょんな事からセーラーの兄パイロットが魔法の万年筆を手に入れた。パイロットは突然、父親譲りの才能を発揮して、それまでくすぶっていたのが嘘のように、傑作を連発するんだ……）

だけど、そんな万年筆は存在しないのだ。

「お父様はお父様。怜人さんは怜人さん。それでいいじゃないですか」

「君に何が分かるっ！」

怜人が激高した。

「分かります！」

負けじと、喉が焼けつかんばかりに叫ぶ。

「私は小説は書けませんが、ファンの気持ちは分かります。私がアマチュア時代のまひろ汀先生を見つけ出したように、誰かが怜人さんの事を見ています！　絶対に！」

怜人が一瞬、よろめいたように見えた。

「もう一度、店に来て下さい。店長なら、あなたに相応しい万年筆を選び出してくれます。……あの人には、本当に人生を変える力があるんです。どうか私を信じて……」

砂羽は踵《きびす》を返し、駆け出していた。

走りながら、何故か涙が湧いてきた。

万年筆が人生を変えてくれる、希望を叶えてくれるなんて、本当は砂羽だって信じていない。それが事実なら、とっくに就職先が決まっているはずだ。

〈メディコ・ペンナ〉を訪れた人達は、万年筆によって人生が変わるのではない。

本気で人生を変えたいと願い、足掻く者が辿り着く乗換駅のような場所なのだ。

訪れた時には既にその準備は整い、後は透馬が最後の一押しをして、入念に調整した万年筆と共に、彼らを次の目的地へと送り出す役目を担うだけ――。

真摯に願う者にだけ、神様は微笑む。

だから、怜人には勇気を持って欲しかった。もう一度〈メディコ・ペンナ〉を訪れ、透馬に本当の気持ちを語る勇気と、素直さを取り戻して欲しかった。


その日から、砂羽は出勤すると同時に、まず予約票に目を通すようになった。電話が鳴る度に「怜人ではないか」と駆け寄ったが、一週間が経っても彼からの連絡はなかった。

――やっぱり無茶だったかなぁ。

電話が鳴る度にそわそわしたり、がっかりしたり、くるくると表情が変わる砂羽に、ついに透馬が声をかけた。

「どうしたの？　ちょっと落ち着いたら？」

「実は……」

叱られるのを承知で、怜人とのこれまでの経緯を話した。まひろさんのデビュー作『ペンの交差点』に書かれたエピソードについても。

「え、そうなの？」

呆れた事に、透馬はまだ『ペンの交差点』を読んでいないと言う。

「せっかく、まひろさんが早めに届けて下さったのに」

「仕事が溜まっててね。まぁ、あのエドソンのオーナー、ただ者ではないと思ってたけど、まさかベストセラー作家だったとは……」

「あ……」

その時、窓の外をキャメルの物体が過った。

砂羽は駆け出し、扉を開いていた。

「来て下さったんですね！」

怜人は不遜な表情をしていた。「来てやった」とでも言いたげに。

「店長ー。お客様です！」

今日、この時間帯に予約は入っていない。

「どうぞ。おかけください」

透馬は書斎机から立ち上がると、椅子を勧めた。仕方なさそうに腰掛ける怜人。

「何か、お手持ちの万年筆がありますか？」

怜人は無言でバッグからペンケースを取り出した。

中には五本の万年筆が並んでいた。エドソンほどではないが、どれも高価そうだ。

「こちらにお名前を……」

怜人は左手で一本の万年筆を取り出すと、試筆紙に左から右に「寺田怜人」と書いた。

左手で使われる万年筆は、砂羽の目には奇異に映った。

「寺田様は、この万年筆に不満をお持ちですね？」

「ああ……。どれひとつとして満足してない」

きらびやかな万年筆が何本も入ったケースを、憎々し気に一瞥した。

透馬は、「でしょうね」と頷いた。

「左利きの方は、万年筆を押すように書きます。先日のエドソンのような硬いペンの場合は、そう影響を受けないのですが、普通はペン先が閉じてインクフローが悪くなります。万年筆を押して書いてもしっかりとインクが出るように万年筆を調整するか、初めから左利き用に作られた万年筆を使う必要があります。失礼ですが、紙が破れてしまう事が多いのではないですか？」

「な……」

怜人が「何故、分かるのか？」という言葉を呑み込んだ。

ペンケースに並んだ万年筆に、再び透馬が目をやる。

「それは、押して書くためにインクフローが悪くなり、書く時に力が入っているからかもしれません。もちろん、こちらの万年筆は、右利きの方にとっては良いものです。ただ、左利きの方が万年筆をお使いになる場合、使用しづらい最大の理由は文字を書く方向なんです。横書きする時は、手で文字を隠してしまいますし、縦書きの場合は進行方向とは逆に持ってゆく動作になってしまいます。特に横書きは、書いたばかりの文字の上に手を置いてしまうので、インクがにじんだり、かすんでしまう事になります。インクはどのような物をお使いですか？……あぁ、分かりました。これは染料インクです」

砂羽は指導教官の言葉を思い出していた。

（左利きの受験生には、顔料インクがお勧めなんだ。……左利きで横書きの場合、書いてすぐに、手が文字をこすってしまうだろう？　その点、顔料系のインクは乾きが速い）

怜人に必要なのは、そういったインクなのだ。

透馬は立ち上がると、ライティングビューローの両脇の本棚を開き、その中から一本の万年筆を取り出してきた。

トレイに置かれたのは、ブルーのプラスチック製の、遊び心に溢れたデザインの万年筆だった。

「お試し下さい」

インク瓶にペン先が浸されるのを見ながら、怜人は戸惑っている。

「ドイツの名門、ペリカンの学童用の万年筆です。ペリカーノジュニアといい、こちらは左利き用です。グリップの表面には三つのくぼみがあり、そのくぼみを意識しながら指を添えて下さい」

言われるがまま、怜人はペンを手に取った。

そして、ゆっくりと試筆紙に自分の名を書いた。

「失礼します」

怜人の背後に回った透馬が、手の位置を調節した。

「この状態で書いてみて下さい」

それは書いた字の上方に手を置くという、独特の持ち方だった。

「左利きの方は、シャープペンシルやボールペンと同じように万年筆を持ってしまいますが、それは万年筆に適した持ち方ではありません。まずは、リーズナブルな万年筆から始めて、持ち方に慣れては如何でしょうか？」

怜人は無言だ。

「寺田様。左利きであっても、少し工夫を凝らすだけで万年筆を十分に使いこなせるんですよ。大事なのは、ペンを押すのではなく、紙に軽く触れるような感覚でお書きになる事。そして、それを体現させてくれるのが、左利き用の万年筆なのです」

気に入ったのかどうかは分からなかったが、怜人は勧められるがまま、その左利き用の万年筆を購入した。

「コーヒーを召し上がりませんか？　お買い上げ頂いた方には、サービスでお出ししています」

　そう言って微笑む透馬に、怜人はもう反抗的な態度は取らなかった。

「僕がデビューした時……」

　コーヒーを持って行くと、怜人は身の上話をしていた。

「ベストセラー作家の息子って事で、随分と期待されてたんだ。だけど、僕の小説は売れなかった……。だから僕は考えた。親父が使っていた道具を使えば、売れる小説が書けるんじゃないかって……」

　プロ作家の悩みをまひろさんから聞いた後だからか、そこまで追い詰められた怜人を気の毒に思いはしても、その行為を短絡的だとは笑えなかった。

「だけど、親父の万年筆はどれも上手くインクが出なかったり、書きづらかったりで……。まるで、お前は主じゃないと言われているようだった」

　そして、黙り込んだ。

唇を噛み、あらぬ方向を見ている怜人に、砂羽は自分の姿を見た気がした。

砂羽の手には余る万年筆に象徴される、見えない圧力。親や周囲の期待通りにできなければ、生きている価値がないと言うような、脅迫的で古臭い考えに縛られた小さな子供――。

だが、それは自らが作り出した鎖であり、枷なのだ。

透馬は多くは語らず、「今日、お買い上げになった万年筆が、これからの寺田様の執筆を支えてくれますよ」とだけ言った。

新しい万年筆は、怜人が囚われている見えない鎖を断ち切ってくれるだろうか？

それとも――。

きっと怜人次第なのだ。

怜人が変わろうとしなければ運は微笑まないし、透馬の神通力も届かない。

「ありがとうございました」

いつものように、砂羽は客のために店の扉を開けた。

その瞬間、怜人の新しい一歩を祝福するかのように明るい光が差し込んできて、眩しさに目を細めた。

怜人が砂羽に向かって何か言いたげな顔をしていた。送り出すだけのつもりが、そのまま一緒に外に出て、怜人が待たせたタクシーに乗り込むのを見届ける。

「悪かった」

「は？」

「……その、酷い事を言って」

タクシーのドアが、バタンと閉められる。

「またのお越しを、お待ちしております」

むっつりとした横顔に向かって、砂羽はお辞儀をした。

――どうか、ご自身の力で運を掴み取って下さい。ここは、人生を変えたいと願う者が集まる場所なんですから。

タクシーが角を曲がるところまで見届けて店内に戻ると、透馬が電話を受けているところだった。

「あぁ、ちょうど良かった。君に電話」

「え、私にですか？」

「急ぎの用件みたいだから、奥で聞きなよ。ここはいいから」

子機を手渡され、バックヤードに追い払われた。

「もしもし、野並です」

『あぁ、野並さん。急な話だけど、今週の何処か、時間とれる？　午後の二時間程度なんだけど』

その時になって、透馬から相手の名を聞いていない事に気付いたが、特徴のあるバリトンで、すぐに相手が分かった。

「あ、並木社長。いつもお世話になっています。明後日は如何ですか？　バイトが休みなので……」

そう答えながら、社長が一体自分に何の用だろうかと不思議に思う。

『じゃあ、明後日にしよう。それと、明日中に履歴書を送れるかな？　ファックスでいいから……。あと卒業見込証明書と成績証明書は手元にあるよね？』

「え、あの、それって……」

『もし、良かったらなんだけど……。うちの取引先で、今になって内定辞退があって困ってるとこがあるんだ。募集かけても、大抵の学生さんは行くとこが決まってるだろうし……。で、人事担当に君の事を話したら……』

胸が高鳴る。

『是非、会いたいって』

社長の話によると、あくまで面接は体裁だけで、その日のうちに採用が決まるだろうと言われた。並木工業株式会社に工場の設備を発注している企業で、社名を聞いて驚いた。大手の文具メーカーだった。

「そんないい会社、わ、私なんかでいいんですか？」

信じられずに戸惑っていると、受話器から笑い声が聞こえてきた。

『入る前から、いいも悪いもないでしょ。実際に入社したら、合わないかもしれないんだし』

「は……い。確かにそうですよね」

会社のネームバリューなど、社長にとっては無意味なのだ。

「なんだか、夢みたいです……。ありがとうございます」

『最初に会った時はさ。君ね、表情が暗かった。なかなか内定が取れずに、気持ちが沈んでいたんだね。採ってあげたかったけど、うちの女性社員は古株ばかりで皆、気が強いんだ。君とは合わないだろなぁと思って採用しなかった。僕を恨んだろうね』

「そ、そんな事ありません。社長に言われたおかげで、自分の好きな物を探そうっていう気持ちになりましたし、ここで働くきっかけにもなりました」

『なら、良かった。随分と表情が明るくなっていたから、きっと今の仕事が向いているんだろうね。でも、ずっとそこでって訳にもいかないだろうし、お節介かもしれないけど……』

「お節介だなんて、そんな……。ありがとうございます！」

『礼なら冬木さんに言ってよ。ああ見えて、女性に泣かれると弱いんだよ』

どうやら、透馬が社長に根回しをしてくれていたらしい。

以前、切羽詰まって、卒業後、ここに雇ってくれと、透馬に泣きついた事があった。その時は無責任な事はできないと断られたけれど、ずっと気にかけていてくれたのだと嬉しくなる。

だが、続けて社長の口から出た言葉に驚く。

『だいたい、今の店を引き継いだのだって、ある女性に泣かれたからで……』

「え、え、えー？　店長って独身ですよね？」

受話器の向こうから、含み笑いが聞こえた。

『君は今、良からぬ想像をしてるだろう？　女性といったって、何も若い女性とは限らないよ。たとえば、リュックサックひとつで、ふらふらーっと放浪の旅に出ちゃう孫を心配して、まともな仕事に就けとお婆ちゃんに泣かれたって事も……』

その時、透馬がバックヤードに飛び込んできた。そして、砂羽の手から子機を奪うと、「ミキさん！　うちのバイトに何を吹き込んでるんですか！」と、血相を変えた。受話器越しに、社長の陽気な笑い声が轟く。

（万年筆には、人の生き方を変える力があります。あなたの人生を変えてみませんか？）

案外、万年筆によって人生を大きく変えられたのは、透馬自身だったのかもしれない。

「おめでとう」

電話を切った透馬は、むすっとしたまま言う。

とりあえずは、卒業ぎりぎりに進路が決定したのだ。

本当に呆気なく。

これまで悩んでいたのは、一体何だったのかというほどに――。

「せっかくだから、お祝いしようよ」

咳払いをする透馬。

「でも、まだどうなるか分かりませんから……。社長はああ言ってましたけど、どうせ、また面接で失望されて……。私なんか……」

色んな事が一斉に頭の中を駆け巡り、まだ現実感が伴わない。

「君ね。そういう考え方はやめた方がいいよ。『どうせ自分は』とか、『私なんか』って口癖は、せっかくの運気を下げるし、見込んでくれたミキさんに対しても失礼だよ」

ぐうの音も出なかった。

「さあ、自信を持って」

「……はい。あ、店長」

砂羽はぐっと唾を呑み込んだ。

「もし、本当に採用が決まったら、私の為に何か、新しい万年筆を見繕ってくれませんか？」

砂羽が委託品に出したモンブランは、ずっと前に売れた。

砂羽の両親が込めた願いも、それが為に苦しんだ砂羽の気持ちも知らずに、新しい持ち主は嬉々として手に入れた万年筆を愛でているのだろう。

だから、今度は自分の手に合った万年筆を手に入れるのだ。

「いいね。新しい門出に相応しい万年筆。是非、僕に選ばせて欲しいな……」

透馬は春の陽射しを思わせる笑顔を見せた。

【参考文献】

『万年筆の達人』古山浩一　枻出版社　二〇〇六年三月

『万年筆を極める』赤堀正俊　かんき出版　二〇〇八年二月

『PEN BRAND 世界の万年筆ブランド　珠玉の万年筆と45のブランド物語』枻出版社　二〇〇八年十一月

『万年筆国産化一〇〇年　セーラー万年筆とその仲間たち』桐山勝　三五館　二〇一一年三月

『惚れぼれ文具　使ってハマったペンとノート』小日向京　枻出版社　二〇一九年二月

『万年筆とインク入門』枻出版社　二〇一九年二月

『万年筆バイブル』伊東道風　講談社選書メチエ　二〇一九年四月

『趣味の文具箱　vol.50』（ヴィンテージの誘惑　ペリカン茶縞のすべて）　枻出版社　二〇一九年六月

『趣味の文具箱　vol.54』（万年筆ペン先職人　長原幸夫の「万年筆の流儀」）　枻出版社　二〇二〇年六月

『るるぶ情報版　るるぶ神戸　三宮　元町’22』ＪＴＢパブリッシング　二〇二一年四月

【ｗｅｂサイト】

「Pen and message.」 https://www.p-n-m.net

「SURUGA d-labo」特集「Be Unique! ～オンリーワンであること～ Vol.3　万年筆絵画の第一人者　古山浩一の美学」 http://www.d-laboweb.jp/special/sp123/

＊その他、多くの書籍、ウェブサイトを参照しました。

〈謝辞〉

本書の執筆にあたり、神戸市中央区北長狭通5－1－13の「Pen and message.」店主・調整士の吉宗史博氏に取材のご協力・ご教示を仰ぎました。あらためて深く御礼申し上げます。なお、本書の記述内容に誤りがあった場合、その責任は著者に帰するものです。

〈初出〉

この作品は書き下ろしです。

profile

蓮見恭子（はすみ・きょうこ）

1965年大阪府堺市生まれ。大阪芸術大学美術学科卒業。2010年、『女騎手』で第30回横溝正史ミステリ大賞の優秀賞を受賞しデビュー。主な著書に「国際犯罪捜査官・蛭川タニア」シリーズ、『シマイチ古道具商―春夏冬人情ものがたり―』『バンチョ高校クイズ研』『輝け！ 浪華女子大駅伝部』など。『たこ焼きの岸本』で第8回大阪ほんま本大賞を受賞

メディコ・ペンナ

万年筆よろず相談

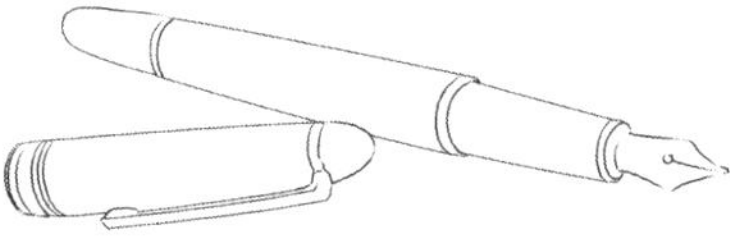

2021年11月8日　第1刷発行

著　者　蓮見恭子

発行者　千葉均

編　集　森潤也

発行所　株式会社ポプラ社

〒102-8519　東京都千代田区麹町4-2-6

一般書ホームページ　www.webasta.jp

組版・校閲　株式会社鷗来堂

印刷・製本　中央精版印刷株式会社

N. D. C. 913 293p 19cm ISBN 978-4-591-17171-4

うしろむき夕食店

冬森灯

二階建てのレトロな洋館に、ステンドグラスの嵌め込まれた扉。格子窓からおいしそうな香りが漂ってきたら、そこが「うしろむき夕食店」だ。
名前に反して、出てくる料理とお酒は絶品揃い。今宵の食事も人生も迷ってばかりのお客さんに、意外な出会いを与えてくれると評判で——。

単行本